Sommaire

Introduction

Homère et l'*Odyssée*

Qui est Homère ?

Homère est le plus ancien poète grec dont nous possédions les œuvres. C'était un *aède* (on dirait aujourd'hui un auteur-compositeur-acteur), qui parcourait la Grèce en chantant et mimant ses poèmes. Sans doute a-t-il vécu entre 850 et 750 avant l'ère chrétienne, mais les spécialistes sont partagés à ce sujet.

La tradition le représente comme un aveugle; mais cette particularité a probablement un sens symbolique: on veut dire par là que c'est du fond de son cœur que le poète tire ses accents les plus émouvants, et que ce que lui suggère son imagination dépasse de loin ce que la réalité pourrait présenter à ses yeux; qu'en somme l'aveugle est un voyant qui regarde en dedans.

Les deux œuvres qui nous ont été transmises sous le nom d'Homère, l'*Iliade* et l'*Odyssée*, sont donc les plus anciennes de la littérature grecque, et ce sont incontestablement des chefs-d'œuvre. Cela pose un problème: il est difficile d'admettre qu'un poète, quel que soit son génie, ait pu atteindre du premier coup à une telle perfection. C'est pourquoi on pense généralement que les œuvres attribuées à Homère sont une compilation, un arrangement de fragments beaucoup plus anciens, que les aèdes successifs ont adaptés et améliorés au fil des ans.

Homère ne serait donc pas le créateur unique, mais l'héritier d'une longue tradition, et les chefs-d'œuvre publiés sous son nom seraient en somme le produit collectif d'un peuple et de ses poètes.

L'*Odyssée*

Les œuvres d'Homère appartiennent à la poésie *épique* (c'est-à-dire qui raconte des aventures), par opposition à la poésie *lyrique* (qui exprime des sentiments).

L'œuvre la plus ancienne, l'*Iliade*, est le récit de la guerre de Troie, expédition qui eut lieu sans doute entre 1192 et 1183 avant l'ère chrétienne. Le siège de la ville dura dix ans et ne s'acheva que grâce à une ruse imaginée par Ulysse, roi d'Ithaque, l'un des chefs de l'armée

grecque confédérée. Après la chute de Troie, les Achéens (c'est ainsi qu'Homère appelle les Grecs) rentrèrent chez eux.
Or l'*Odyssée* nous raconte précisément le retour d'Ulysse qui, par la colère des dieux, fut encore pendant dix ans ballotté sur les mers, au gré des vents et des tempêtes, avant de retrouver sa patrie, sa femme Pénélope et son fils Télémaque. Le récit forme un long poème de plus de douze mille vers. Il aurait fallu plus de 24 heures à un aède pour le chanter en entier : en fait on le récitait par épisodes, comme dans les feuilletons des journaux ou de la télévision. (Voyez, p. 38, dans « L'hospitalité d'Alkinoos », l'aède Démodocos.)

Une littérature orale

Quand furent composés les premiers récits qui devinrent des épopées, les Grecs ne connaissaient peut-être pas l'écriture ; la forme versifiée soulageait la mémoire des aèdes et permettait au public de mieux retenir certaines parties : vous savez par expérience que l'on apprend plus facilement des vers que de la prose.
De plus, vous remarquerez, en lisant les extraits qui suivent, que certaines formules toutes faites reviennent régulièrement : ce sont des points de repère pour les auditeurs. Ainsi, le poète annonce toujours qu'un personnage va parler ; et quand le monologue est terminé, il le signale par : « Il dit. »
L'aède, en effet, représentait à lui seul le récitant et tour à tour chacun des personnages. Il est important que le public sache à tout instant si les paroles qu'il entend sont censées être dans la bouche du narrateur ou de l'un des personnages, et lequel.
Vous pouvez rapprocher ce procédé de la pratique des journalistes de la radio ou de la télévision, qui emploient de la même façon et dans le même but les formules « Je cite » et « Fin de citation ».

Composition de l'*Odyssée*

Vous connaissez ce qu'au cinéma on appelle un *flash-back* ou « retour en arrière » : une action se déroule sous nos yeux, puis, pour telle ou telle raison, on nous montre des événements qui se sont passés auparavant. Or vous serez peut-être surpris d'apprendre qu'Homère n'ignorait pas ce procédé : la partie la plus célèbre de l'*Odyssée*, celle qui raconte les aventures d'Ulysse et de ses compagnons depuis leur départ de Troie jusqu'à l'arrivée chez la nymphe Calypso (chants IX à XII), est un récit, fait par Ulysse, des événements qui ont eu lieu avant l'époque où débute l'épopée.

• Chants I à IV : *Dans l'île d'Ithaque**, en l'absence d'Ulysse*
Parti assiéger Troie, Ulysse, roi d'Ithaque, est absent depuis vingt ans. La colère d'un dieu, Posidon*, l'empêche de regagner son pays. Pendant ce temps, des jeunes gens fortunés, le croyant mort, occupent son domaine, donnent des fêtes, prétendent prendre son trône et épouser sa femme Pénélope*. C'est la raison pour laquelle on les appelle des « prétendants ». Mais les dieux ont décidé le retour d'Ulysse. Ils envoient Athéna* auprès de Télémaque*, fils d'Ulysse, pour le forcer à résister à ces jeunes gens et à partir à la recherche de son père (voir le texte 1, p. 14).
Pendant ce voyage, les prétendants projettent de tuer Télémaque.

• Chants V à VIII : *Ulysse quitte Calypso**
Ulysse est prisonnier de la nymphe* Calypso qui est amoureuse de lui. Les dieux à nouveau assemblés, en l'absence de Posidon, envoient Hermès* ordonner à Calypso de délivrer Ulysse. Celui-ci construit alors un radeau, quitte Calypso ; mais Posidon, dieu de la mer, l'aperçoit et déclenche contre lui une terrible tempête. Il aborde finalement sur la terre des Phéaciens (voir le texte 2, p. 21). Là, il est secouru par Nausicaa*, la fille du roi, qui l'invite à se rendre au palais de son père, Alkinoos* (voir le texte 3, p. 30).

• Chants IX à XII : *Chez Alkinoos, roi des Phéaciens – Le récit d'Ulysse*
Au cours d'une fête donnée en son honneur (voir le texte 4, p. 37), Ulysse fait le récit de ses aventures qui ont duré dix ans :
– Après avoir quitté Troie et essuyé une tempête, il a débarqué au pays des Lotophages, peuple qui « mange le lotos », sorte de dattes qui détruisent la volonté ; puis au pays des « Yeux Ronds », les Cyclopes (voir le texte 5, p. 43).*
– Il a ensuite été reçu chez Éole, dieu du vent qui lui a donné un sac où étaient enfermés tous les vents dangereux. L'ayant ouvert, ses compagnons déchaînent une tempête qui les entraîne.

* Les astérisques renvoient au lexique, p. 10.

– Il parvient alors dans l'île de Circé, la dangereuse magicienne (voir le texte 6, p. 58), où il reste une année. Après quoi, sur ses indications, il invoque l'âme des morts.*
– Plus tard, il a affronté les Sirènes, puis Charybde* et Skylla*, monstres de la mer (voir le texte 7, p. 65).*
– Malgré les recommandations d'Ulysse, ses compagnons, bloqués dans l'île du dieu Soleil par des vents contraires, ont tué plusieurs de ses vaches. Zeus* alors a détruit leur bateau et Ulysse a dérivé jusqu'à la grotte de Calypso, située à l'extrême ouest de la Méditerranée (voir le texte 7, p. 65). La nymphe, amoureuse d'Ulysse, l'a retenu pendant sept ans.*

• Chants XIII à XXIV : *Le retour d'Ulysse à Ithaque*
Ulysse a terminé son récit. Il est alors reconduit à Ithaque par les gens d'Alkinoos. Il a pris l'apparence d'un mendiant. Télémaque, lui aussi, rejoint Ithaque et échappe au piège des prétendants.
Athéna a rendu à Ulysse l'allure de sa jeunesse. Le père et le fils se retrouvent (voir le texte 8, p. 73).
Ulysse rentre au palais sans se faire reconnaître. Il parle au porcher Eumée, voit son chien Argos*. La vieille nourrice, Euryclée*, le reconnaît sans le révéler (voir le texte 9, p. 77).
Lors d'un banquet, les prétendants se livrent au concours de l'arc pour déterminer qui sera l'époux de Pénélope. Ulysse est vainqueur (voir le texte 10, p. 83). Il se fait alors reconnaître et massacre les prétendants, aidé de Télémaque, du porcher et du bouvier (voir le texte 11, p. 87). Pénelope reconnaît Ulysse. Les époux sont enfin réunis (voir le texte 12, p. 93).

Hommes et dieux

L'homme préhistorique vivait dans l'angoisse, parce qu'il avait peur des phénomènes naturels, tremblements de terre, foudre, éruptions volcaniques, etc. Il avait peur parce qu'il ne comprenait pas et parce qu'il prenait conscience de sa faiblesse devant ces prodiges, comme en face des animaux monstrueux qui peuplaient la terre.
Pour se rassurer, pour expliquer l'inexplicable, il inventa les dieux. Il imagina que tout ce qu'il redoutait était la manifestation de la colère d'un être supérieur. Il suffisait donc d'apaiser cette colère en faisant

des offrandes, et même, si l'on était très généreux, on pouvait espérer obtenir du dieu une aide efficace.

L'histoire des dieux forme ce que l'on appelle la mythologie. Il faut bien comprendre que la mythologie ne correspond pas beaucoup à ce que nous appelons aujourd'hui une religion.

Pour nous, une religion suppose un Dieu généralement unique, doué de toutes les perfections, et qui propose aux hommes une morale.

Rien de tel dans la mythologie : les dieux y sont très nombreux, chacun étant spécialisé dans une fonction particulière ; et surtout, loin d'être parfaits, ils sont capables de faire le mal comme le bien, de pratiquer aussi bien les vices que les vertus : en un mot, ils ne sont détenteurs d'aucune morale.

Les dieux de la mythologie grecque sont vraiment conçus à l'image de l'homme. Ils se distinguent par des qualités supérieures : par exemple, ils sont très puissants, sont capables de se métamorphoser, d'être à volonté visibles ou invisibles, etc. Et surtout, ils ont sur les hommes l'avantage d'être immortels : ce sont en réalité des surhommes éternels.

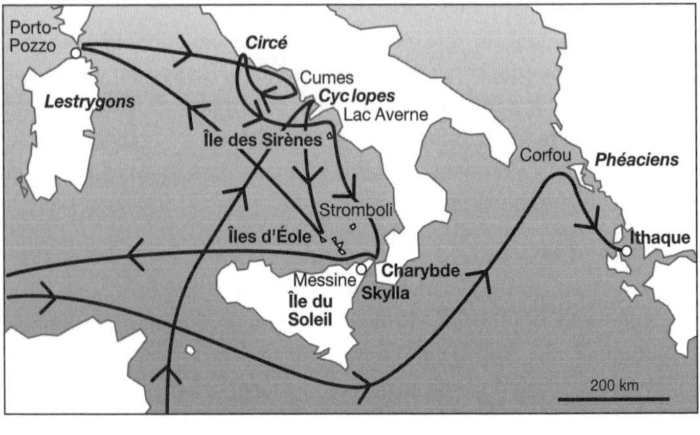

Carte du périple d'Ulysse, depuis son départ de Troie jusqu'à son retour à Ithaque (la carte ci-dessus montre un détail de la carte de la page suivante).
Les épisodes de ce périple dont vous lirez des extraits ou qui sont cités dans cet *Œuvres et Thèmes* sont en gras.

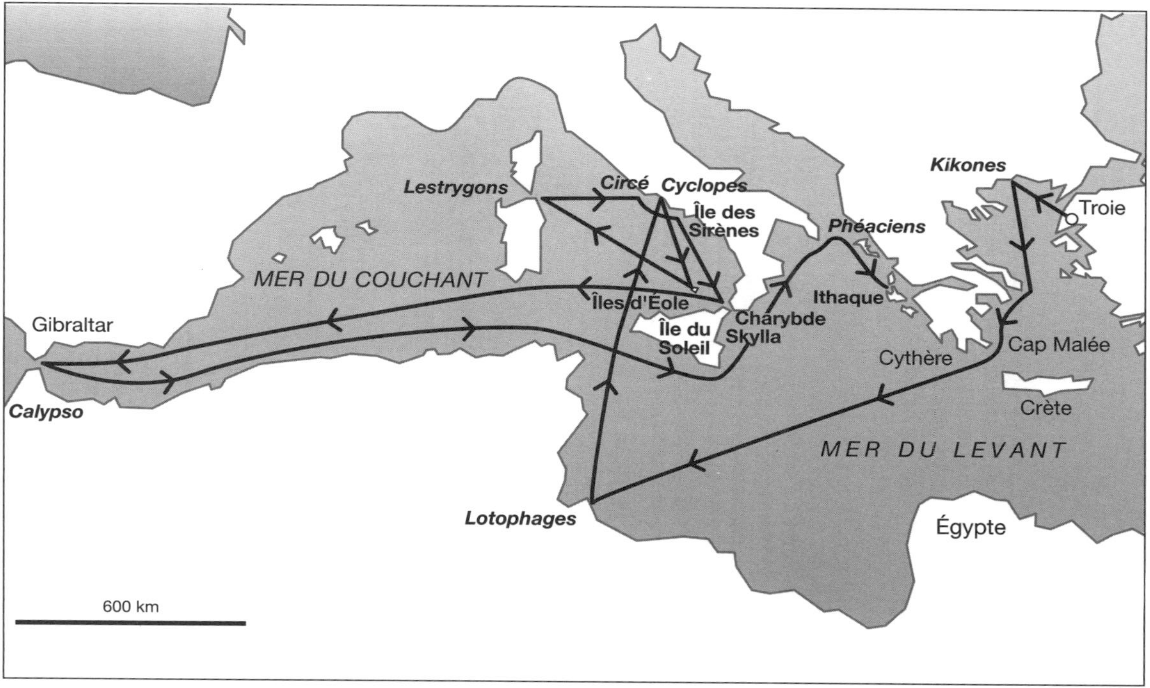

Carte du périple d'Ulysse.

Lexique

Achéens : nom utilisé par Homère pour désigner les Grecs. On trouve aussi les noms « Danaens », « Agiens ». Ce sont peut-être les noms des premières tribus qui ont habité la Grèce.

Agora : désigne, dans une cité, la place publique où se tenait le marché, mais où surtout avaient lieu les rencontres, les discussions et même les discours politiques. L'agora, cœur vivant de la cité grecque, n'est pas un simple lieu géographique, mais le symbole de la vie en communauté.

Alkinoos : roi des Phéaciens et père de Nausicaa. Il accueille Ulysse dans son manoir après son naufrage et le fera reconduire jusqu'à Ithaque.

Apollon : fils de Zeus et de Léto, il est le frère d'Artémis. Dieu du soleil, des arts. *Attributs* : l'arc, la couronne de laurier. Quand il y avait une mort brutale et inexpliquée d'un homme, on lui en attribuait la responsabilité. (Voir son importance dans le massacre des prétendants.)

Argos : chien d'Ulysse. Il reconnaît son maître, qui a pourtant pris l'apparence d'un mendiant, et meurt juste après.

Artémis : fille de Zeus et de Léto, sœur d'Apollon, déesse de la lune et de la chasse (plus connue sous le nom de Diane). Elle incarne la jeune fille. Souvent représentée avec un arc à l'épaule.

Athéna : fille préférée de Zeus, sortie casquée et armée de son front ; déesse de la sagesse. Protectrice d'Ulysse. L'olivier est l'arbre attribut d'Athéna, qui, par ce présent, a obtenu que lui soit donnée la protection d'Athènes. Cet arbre a donc un caractère sacré pour les Grecs. C'est sur des branches d'olivier qu'Ulysse, rejeté par les flots, se repose au pays des Phéaciens ; avec un pieu d'olivier, il perce l'œil du Cyclope ; sur un lit taillé dans un tronc d'olivier, il dort avec son épouse Pénélope.

Aurore (L') : chez Homère, c'est une déesse, avec le qualificatif rituel « aux doigts de roses ». Elle ne fait pas partie des douze Olympiens (dieux principaux).

Borée : vent du nord.

Calypso : nymphe, divinité inférieure des eaux, des forêts et des bois. Elle retient Ulysse prisonnier dans sa grotte pendant sept ans.

Charybde : monstre marin engloutissant les hommes ; en fait, tourbillon d'eau situé dans le détroit de Messine (voir la carte, p. 9).

Circé : déesse magicienne à la voix humaine, Circé use de ses talents pour métamorphoser ses visiteurs en animaux à l'aide d'une drogue.

Cronos : père de Zeus, détrôné par lui. Il dévorait ses propres enfants. « Fils de Cronos » est une appellation traditionnelle de Zeus.

Cyclopes : appelés aussi « Yeux Ronds », ce qui est le sens étymologique du mot. Les Anciens les ont très vite associés aux volcans. Ils sont souvent présentés comme les compagnons d'Héphaïstos, autrement dit Vulcain, dieu des volcans, qu'ils assistent dans son travail de forgeron. Polyphème est en ce sens un cas particulier, puisqu'il est berger, et fils de Posidon.

Euros : vent d'est.

Euryclée : nourrice aveugle d'Ulysse, qu'elle reconnaît à sa blessure au pied.

Hermès : fils de Zeus, et l'un des Olympiens. Dieu essentiellement messager, mais aussi dieu des commerçants et des voleurs selon une tradition postérieure. *Attributs :* les sandales ailées, la baguette d'or (autrement dit le caducée), et aussi le pétase, chapeau orné de deux ailes.

Immortels : il s'agit des dieux, appelés aussi Bienheureux.

Ithaque : île de la mer Ionienne, royaume d'Ulysse (voir la carte, p. 9).

Laërte : père d'Ulysse. « Fils de Laërte » est une appellation traditionnelle d'Ulysse, les Grecs aimant désigner les héros par leur filiation.

Léto : amante de Zeus, mère des dieux jumeaux Apollon et Artémis. Poursuivie par le serpent Python, elle s'arrêta dans l'île de Délos pour y mettre ses enfants au monde, au pied d'un palmier sacré.

Nausicaa : fille du roi Alkinoos. Après le naufrage d'Ulysse, elle le conduit au manoir d'Alkinoos.

Notos : vent du sud.

Nymphe : divinité inférieure, souvent liée au monde de la nature (comme Calypso). Les Grecs distinguaient les dryades (nymphes des arbres) et les naïades (nymphes des eaux).

Olympien : voir Zeus, p. 12.

Parques : au nombre de trois, ces déesses tissent le destin des hommes. Elles étaient particulièrement redoutées. Elles sont représentées souvent autour d'un rouet, comme des femmes filant la laine. La dernière, Atropos, avait pour mission de couper avec ses ciseaux le fil des jours d'un individu (elle se confondait donc avec la mort). Au singulier (la Parque), c'est toujours de cette dernière qu'il s'agit.

Pénélope : femme d'Ulysse, reine d'Ithaque, symbole de l'épouse fidèle.

Polyphème : fils de Posidon, l'un des Cyclopes (voir à ce nom p. 11) ; sorte de géant monstrueux (ce n'est pas une divinité). Il a été aveuglé par Ulysse et c'est pourquoi Posidon poursuit le héros de sa haine et veut empêcher son retour à Ithaque.

Posidon (ou Poséidon) : frère de Zeus ; il est l'un des douze Olympiens, qui sont les deux principaux habitants du mont Olympe (montagne élevée située au nord d'Athènes).

Le royaume de la mer lui a été accordé (Zeus se réservant celui du ciel ; Hadès, l'autre frère de Zeus, celui des Enfers). Appelé « l'ébranleur du sol » par Homère, ennemi juré d'Ulysse, Posidon avait pris parti pour les Troyens vaincus grâce à la ruse d'Ulysse, le fameux cheval de Troie. *Attribut :* le trident.

Sirènes : pour les Grecs, êtres maléfiques, mi-femmes, mi-oiseaux. Fascinés par leurs chants, les marins laissaient leurs bateaux se briser contre les écueils et périssaient.

Skylla : nom d'un monstre marin, mangeur d'hommes, représenté comme un poulpe géant par Homère ; nom aussi d'un écueil dans la région du détroit de Messine (voir la carte, p. 8).

Soleil (ou Hélios) : dieu distinct, chez Homère, d'Apollon.

Télémaque : fils d'Ulysse et de Pénélope.

Zéphyr : vent d'ouest et de nord-ouest.

Zeus : le « père des dieux et des hommes », protecteur d'Ulysse par l'intermédiaire d'Athéna, sa fille préférée. Il règne sur les douze dieux Olympiens. *Attribut :* la foudre. C'est aussi le dieu garant des lois de l'hospitalité (les amis d'Alkinoos le prennent à témoin quand il s'agit de recevoir favorablement Ulysse).

Première partie

Odyssée

Homère

Ulysse (au centre) et deux de ses compagnons, Euryloque à gauche et Périmède à droite (cratère, IVe siècle av. J.-C.).

Texte 1

L'assemblée des dieux - La ruse de Pénélope

*Ulysse[1], roi d'Ithaque, a quitté sa femme Pénélope et son fils Télémaque, tout jeune enfant, pour se rendre à la guerre de Troie. Celle-ci a duré dix ans. Le récit du siège et de la prise de la ville forme le sujet de l'*Iliade*. Voilà maintenant sept ans que les vainqueurs sont rentrés chez eux, sauf Ulysse, qui est donc absent de son royaume depuis dix-sept ans.*

La colère des dieux lui a en effet imposé de nombreuses épreuves ; mais il a tant souffert que les Immortels le prennent en pitié, sauf Posidon, qui ne désarme pas.

L'assemblée des dieux[2]

Ils étaient au logis, tous les autres héros, tous ceux qui, de la mort, avaient sauvé leurs têtes : ils avaient réchappé de la guerre et des flots. Il[3] ne restait que lui à toujours désirer le retour et sa femme, car une nymphe auguste le retenait captif au creux de ses cavernes, Calypso, qui brûlait, cette toute divine, de l'avoir pour époux.

Même quand vint l'année du cycle révolu[4], où les dieux lui filaient le retour au logis, même dans son Ithaque et dans les bras des siens, il n'allait pas trouver la fin de ses épreuves. Tous les dieux le plaignaient, sauf un seul, Posidon, dont la haine traquait cet Ulysse divin jusqu'à son arrivée à la terre natale.

1. Consultez le lexique (p. 10) où figurent les noms des principaux personnages.
2. Les titres entre crochets ont été ajoutés par nos soins pour faciliter la lecture du texte. Les titres sans crochets figurent dans la traduction de V. Bérard.
3. Il s'agit d'Ulysse.
4. Probablement la dizième année après la guerre de Troie, celle où le destin d'Ulysse lui permet le retour à Ithaque (la guerre de Troie a déjà elle-même duré dix ans).

Or le dieu s'en alla chez les Nègres[5] lointains, les Nègres répartis au bout du genre humain, dans leur double domaine, les uns vers le couchant, les autres vers l'aurore : devant leur hécatombe de taureaux et d'agneaux, il vivait dans la joie, installé au festin. Mais tous les autres dieux tenaient leur assemblée dans le manoir de Zeus[6].

Zeus, « Père des dieux et des hommes », exprime sa décision.

Zeus. – [...] Eh ! comment donc oublierais-je jamais cet Ulysse divin qui, sur tous les mortels, l'emporte et par l'esprit et par les sacrifices qu'il fit toujours aux dieux, maîtres des champs du ciel ? Mais non ! c'est Posidon, le maître de la terre ! Sa colère s'acharne à venger le Cyclope, le divin Polyphème, dont la force régnait sur les autres Cyclopes et qu'Ulysse aveugla : pour mère, il avait eu la nymphe Thoossa, la fille de Phorkys, un des dieux-conseillers de la mer inféconde, et c'est à Posidon qu'au creux de ses cavernes, elle s'était donnée. De ce jour, Posidon, l'Ébranleur de la terre, sans mettre Ulysse à mort, l'éloigne de son île... Mais allons ! tous ici, décrétons son retour ! cherchons-en les moyens ! Posidon n'aura plus qu'à brider sa colère[7], ne pouvant tenir tête à tous les Immortels, ni lutter, à lui seul, contre leur volonté.

Athéna, la déesse aux yeux pers[8], répliqua :

Athéna. – Fils de Cronos, mon père, suprême Majesté, si, des dieux bienheureux, c'est maintenant l'avis que le tant sage Ulysse en sa maison revienne, envoyons, sans tarder, jusqu'à l'île océane, Hermès, le rayonnant porteur de tes messages, et qu'en toute vitesse, il aille révéler à la Nymphe bouclée[9]

5. Le mot grec signifie « visage brûlé » et désigne des populations qui vivaient de part et d'autre du haut Nil (peut-être les Éthiopiens actuels).

6. Zeus, le roi des dieux, passait pour avoir son manoir sur la cime inaccessible du mont Olympe.

7. Retenir sa colère (comme on retient un cheval par la bride).

8. Couleur composée, entre le gris et le vert.

9. Calypso.

le décret sans appel sur le retour d'Ulysse et lui dise comment ce grand cœur doit rentrer ! Moi-même, dans Ithaque, allant trouver son fils et l'animant encor, je veux lui mettre au cœur l'envie de convoquer à l'agora[10] les Achéens[11] aux longs cheveux et de signifier un mot aux prétendants[12] qui lui tuent, chaque jour, ses troupes de moutons et ses vaches cornues à la démarche torse[13]. Puis je l'emmène à Sparte, à la Pylos des Sables, s'informer, s'il se peut, du retour de son père et s'acquérir aussi bon renom chez les hommes.

Extraits du chant I, p. 53 à 56[14].

Athéna se rend en effet à Ithaque, sous les traits d'un ami d'Ulysse, Mentès. Là, une foule de nobles et de princes (les prétendants), croyant qu'Ulysse est mort, courtisent Pénélope, dans l'espoir de l'épouser. En attendant qu'elle se décide, ils passent leur temps à festoyer à ses frais.

Mais Pénélope, fidèle à son époux qu'elle croit toujours vivant, a imaginé un stratagème pour faire patienter les prétendants. Malheureusement, l'un d'eux finit par découvrir le subterfuge.

[La ruse de Pénélope]

Voilà déjà trois ans, en voici bientôt quatre, qu'elle va, se jouant du cœur des Achéens, donnant à tous l'espoir, envoyant à chacun promesses et messages, quand elle a dans l'esprit de tout autres projets ! Tu sais l'une des ruses qu'avait ourdies[15] son cœur. Elle avait au manoir dressé son grand métier et, feignant d'y tisser un immense linon[16], nous disait au passage :

10. Place publique (voir lexique p. 10).
11. Les Grecs.
12. Ce sont de jeunes nobles d'Ithaque qui poussent Pénélope, la femme d'Ulysse, à choisir un nouveau mari parmi eux ; ils vivent des biens d'Ulysse.
13. Tordue, qui va de travers.
14. Ces références de pages renvoient à l'édition Gallimard, dans la collection « Folio ».
15. Préparées en secret.
16. Tissu de lin.

« Mes jeunes prétendants, je sais bien qu'il n'est plus, cet Ulysse divin ! mais, malgré vos désirs de hâter cet hymen[17], permettez que j'achève : tout ce fil resterait inutile et perdu. C'est pour ensevelir notre seigneur Laërte[18] : quand la Parque de mort viendra tout de son long le coucher au trépas[19], quel serait contre moi le cri des Achéennes, si cet homme opulent gisait là sans suaire[20] ! » Elle disait et nous, à son gré, faisions taire la fougue de nos cœurs. Sur cette immense toile, elle passait les jours. La nuit, elle venait aux torches la défaire. Trois années, son secret dupa les Achéens. Quand vint la quatrième, à ce printemps dernier, nous fûmes avertis par l'une de ses femmes, l'une de ses complices. Alors on la surprit juste en train d'effiler la toile sous l'apprêt et si, bon gré, mal gré, elle dut en finir, c'est que nous l'y forçâmes.

Extrait du chant II, p. 72-73.

Télémaque essaie de renvoyer les prétendants, mais ceux-ci refusent cyniquement, malgré un funeste présage.

La situation de Pénélope est désormais intenable : elle va être obligée, malgré elle, de se décider à épouser un des prétendants. Poussé par Athéna, Télémaque s'embarque pour se rendre à Pylos, puis à Lacédémone, mais il ne peut obtenir aucune nouvelle de son père.

Cependant, les prétendants préparent une embuscade contre Télémaque pour le faire périr.

17. Mariage.
18. Père d'Ulysse.
19. Dans la mort.
20. Linceul servant à envelopper le mort.

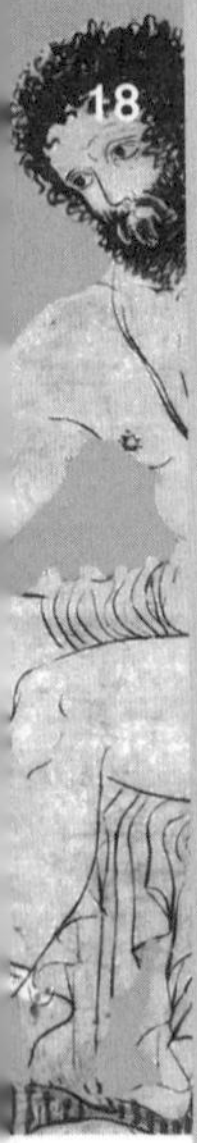

Questions

Repérer et analyser

La situation d'énonciation

Le narrateur

Le narrateur est celui qui raconte l'histoire. Identifier le statut du narrateur, c'est dire s'il est ou non personnage de l'histoire. S'il est personnage de l'histoire, il mène le récit à la première personne. S'il est extérieur à l'histoire, il mène le récit à la troisième personne.

1 Identifiez le statut du narrateur.

2 Quels personnages prennent la parole ? À quels signes le voyez-vous ? À qui s'adressent-ils ?

Le cadre et les personnages

Les lieux

3 Où se trouve Posidon ?

4 Où sont les autres dieux ?

Ulysse

5 **a.** Où et avec qui Ulysse se trouve-t-il lorsque commence l'*Odyssée* ? **b.** Quelle est sa terre natale ?

Pénélope

6 Qui est Pénélope ?

7 En quoi la ruse de Pénélope consiste-t-elle ?

La langue d'Homère

8 Cherchez le sens du mot « odyssée » en grec. Quel est le sens moderne de ce mot ?

9 « Une nymphe auguste » (l. 4) : qu'est-ce qu'une nymphe ? Remplacez le mot « auguste » par un synonyme.

10 Expliquez les expressions suivantes : « yeux pers » (l. 32), « ourdir une ruse » (l. 50).

11 Recherchez dans votre dictionnaire le sens premier du mot « hécatombe » (l. 15). Quel est l'autre sens de ce mot ? Donnez un exemple.

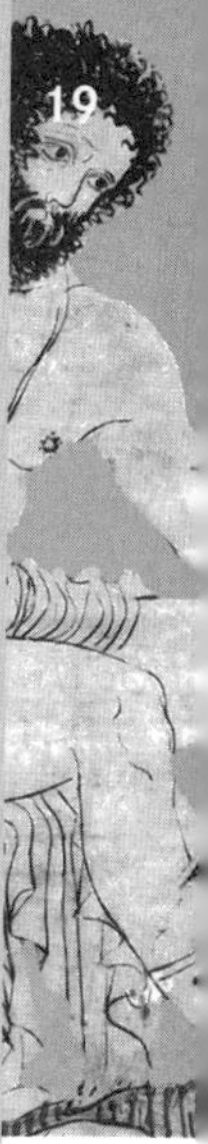

12 Les inversions poétiques
« Si, des dieux bienheureux [...] revienne » (l. 33 à 35) : cette phrase comporte un certain nombre d'inversions. Récrivez-la en rétablissant l'ordre des mots.

Le récit épique

L'intervention des dieux

L'épopée est un long poème qui mêle l'Histoire (les faits réels), la légende (les faits imaginés) et la mythologie (l'histoire des dieux). L'épopée raconte les aventures et les exploits d'un héros exposé à des combats hors du commun et soumis à des forces qui le dépassent. Les dieux peuvent intervenir en faveur du héros ou contre lui.

13 Que désire Ulysse ? Quel dieu s'oppose à ses projets ? pourquoi ? Relevez les mots ou expressions qui expriment le mieux sa haine et sa colère contre Ulysse.

14 Quels sont les alliés d'Ulysse parmi les dieux ? En quels termes parlent-ils de lui ? Citez le texte à l'appui de votre réponse.

15 Quelle est la décision de Zeus ?

16 Quel est le plan d'Athéna ?

Les épithètes homériques

Chez Homère, le récit comporte souvent des éléments poétiques (comparaisons, épithètes homériques...). Une épithète dite « homérique » (car c'est une construction qui apparaît dans les poèmes d'Homère) caractérise de façon poétique des êtres humains, des animaux ou des choses.
Elle se présente sous la forme :
- d'un nom, groupe nominal complément du nom (ex. : « les Achéens aux longs cheveux ») (l. 41-42), ou apposition (ex. : « Posidon, l'ébranleur du sol ») ;
- d'un adjectif épithète (ex. : « Ulysse divin »).

17 Relevez dans le texte les différentes épithètes homériques qualifiant Athéna, Calypso, Hermès et les vaches.

Écrire

18 Construisez quelques épithètes homériques pour caractériser un personnage, un être ou un élément de la nature. Vous varierez les constructions.

Enquêter

Les Parques

19 Cherchez dans les dictionnaires, les encyclopédies, des renseignements sur les Parques. Elles étaient trois ; quel était le rôle de chacune ?
Comment, à la lumière de cette explication, comprenez-vous l'expression « le fil des jours » ?

Les présages, les auspices

Les dieux font des signes aux hommes par les présages ; on observe à cet effet le vol des oiseaux : ce sont les auspices.
20 Que signifient les expressions « de mauvais présage », « sous des auspices favorables » ?

Pénélope (assise) entourée de ses servantes (plaque en terre cuite).

Texte 2

Calypso libère Ulysse

La nymphe Calypso, qui retient Ulysse prisonnier, vit dans une grotte sur l'île Océane.

Hermès, fils de Zeus et messager des dieux, est envoyé sur l'île pour faire part à Calypso de la décision de Zeus de libérer Ulysse.

[Le messager Hermès]

[...] Le Messager aux rayons clairs se hâta d'obéir : il noua sous ses pieds ses divines sandales, qui, brodées de bel or, le portent sur les ondes et la terre sans bornes, vite comme le vent, et, plongeant de l'azur, à travers la Périe[1], il tomba sur la mer, puis courut sur les flots, pareil au goéland qui chasse les poissons dans les terribles creux de la mer inféconde et va mouillant dans les embruns son lourd plumage. Pareil à cet oiseau, Hermès était porté sur les vagues sans nombre.

Mais quand, au bout du monde, Hermès aborda l'île, il sortit en marchant de la mer violette, prit terre et s'en alla vers la grande caverne, dont la Nymphe bouclée avait fait sa demeure.

Il la trouva chez elle, auprès de son foyer où flambait un grand feu. On sentait du plus loin le cèdre pétillant et le thuya, dont les fumées embaumaient l'île. Elle était là-dedans, chantant à belle voix et tissant au métier de sa navette[2] d'or. Autour de la caverne, un bois avait poussé sa futaie vigoureuse : aunes et peupliers et cyprès odorants, où gîtaient les oiseaux à la large envergure, chouettes, éperviers et criardes corneilles, qui vivent dans la mer et travaillent au large. [...]

1. Région au pied du mont Olympe.
2. Partie du métier à tisser qui contient la bobine de fil.

Dans la caverne, Hermès ne trouva pas Ulysse : il pleurait sur le cap, le héros magnanime, assis en cette place où chaque jour les larmes, les sanglots, le chagrin lui secouaient le cœur.

La nymphe, très éprise d'Ulysse, le retient depuis sept ans et rêve de l'épouser et de le rendre immortel ; mais elle se soumet à l'ordre de Zeus et libère son prisonnier. Celui-ci construit un radeau et prend la mer.

[La tempête]

Dix-sept jours, il vogua sur les routes du large ; le dix-huitième enfin, les monts de Phéacie et leurs bois apparurent : la terre était tout près, bombant son bouclier sur la brume des mers.

Or, du pays des Noirs, remontait le Seigneur qui ébranle le sol. Du haut du mont Solyme[3], il découvrit le large ; Ulysse apparaissait voguant sur son radeau. La colère du dieu redoubla dans son cœur, et, secouant la tête, il se dit à lui-même :

POSIDON. – Ah ! misère ! voilà, quand j'étais chez les Noirs, que les dieux, pour Ulysse, ont changé leurs décrets[4]. Il est près de toucher aux rives phéaciennes, où le destin l'enlève au comble des misères qui lui venaient dessus. Mais je dis qu'il me reste à lui jeter encore sa charge de malheurs !

À peine avait-il dit que, prenant son trident[5] et rassemblant les nues[6], il démontait la mer, et des vents de toute aire[7], déchaînait les rafales ; sous la brume, il noyait le rivage et les flots ; la nuit tombait du ciel ; ensemble s'abattaient l'Euros[8], et le Notos[8], et le Zéphyr[8] hurlant, et le Borée[8] qui naît dans l'azur et qui fait rouler la grande houle[9].

3. Mont du sud-ouest de l'Asie Mineure, seuil est du monde grec.
4. Décisions.
5. Fourche à trois pointes, attribut de Posidon.
6. Nuages.
7. Provenance.
8. Noms de vents (voir lexique, p. 10).
9. Forte vague.

Calypso et Ulysse (terre cuite).

Ulysse alors, sentant ses genoux et son cœur se dérober, gémit en son âme vaillante :

ULYSSE. – Malheureux que je suis ! quel est ce dernier coup ? [...]

À peine avait-il dit qu'en volute[10], un grand flot le frappait : choc terrible ! le radeau capota : Ulysse au loin tomba hors du plancher ; la barre échappa de ses mains, et la fureur des vents, confondus en bourrasque, cassant le mât en deux, emporta voile et vergue[11] au loin, en pleine mer. Lui-même, il demeura longtemps enseveli, sans pouvoir remonter sous l'assaut du grand flot et le poids des habits que lui avait donnés Calypso la divine. Enfin il émergea de la vague ; sa bouche rejetait l'âcre écume dont ruisselait sa tête. Mais, tout meurtri, il ne pensa

10. En forme de spirale. **11.** Pièce de bois du mât qui porte la voile.

qu'à son radeau : d'un élan dans les flots, il alla le reprendre, puis s'assit au milieu pour éviter la mort et laissa les grands flots l'entraîner çà et là au gré de leurs courants… […]

Son esprit et son cœur ne savaient que résoudre, quand l'Ébranleur du sol souleva contre lui une vague terrible, dont la voûte de mort vint lui crouler dessus… Sur la paille entassée, quand se rue la bourrasque, la meule s'éparpille aux quatre coins du champ ; c'est ainsi que la mer sema les longues poutres. Ulysse alors monta sur l'une et l'enfourcha comme un cheval de course, puis quitta les habits que lui avait donnés Calypso la divine […].

Durant deux jours, deux nuits, Ulysse dériva sur la vague gonflée : que de fois, en son cœur, il vit venir la mort ! Quand, du troisième jour, l'Aurore aux belles boucles annonçait la venue, soudain le vent tomba ; le calme s'établit : pas un souffle ; il put voir la terre toute proche ; son regard la fouillait, du sommet d'un grand flot qui l'avait soulevé… Oh ! la joie des enfants qui voient revivre un père, qu'un long mal épuisant torturait sur son lit : la cruauté d'un dieu en avait fait sa proie ; bonheur ! les autres dieux l'ont tiré du péril !… C'était la même joie qu'Ulysse avait à voir la terre et la forêt. Il nageait, s'élançait pour aller prendre pied… Il n'était déjà plus qu'à portée de la voix : il perçut le ressac[12] qui tonnait sur les roches ; la grosse mer grondait sur les sèches[13] du bord : terrible ronflement ! tout était recouvert de l'embrun des écumes, et pas de ports en vue, pas d'abri, de refuge !… rien que des caps pointant leurs rocs et leurs écueils !

Ulysse alors, sentant ses genoux et son cœur se dérober, gémit en son âme vaillante :

ULYSSE. – Malheur à moi ! quand Zeus rend la terre à mes yeux, contre toute espérance, lorsque j'ai réussi à franchir

12. Bruit des vagues qui frappent un obstacle (rocher, côte…).

13. Bancs qui restent à sec à marée basse.

cet abîme, pas une cale[14] en vue où je puisse sortir de cette mer d'écumes ! Ce n'est, au long du bord, que pointes et rochers, autour desquels mugit le flot tumultueux ; par-derrière, un à-pic de pierre dénudée ; devant, la mer sans fond ; nulle part, un endroit où planter mes deux pieds pour éviter la mort !... Que j'essaie d'aborder : un coup de mer m'enlève et va me projeter contre la roche nue ; tout élan sera vain !... [...]

[Le naufrage]

Son esprit et son cœur ne savaient que résoudre : un coup de mer le jette à la roche d'un cap. Il aurait eu la peau trouée, les os rompus, sans l'idée qu'Athéna, la déesse aux yeux pers, lui mit alors en tête. En un élan, de ses deux mains, il prit le roc : tout haletant, il s'y colla, laissant passer sur lui l'énorme vague. Il put tenir le coup ; mais, au retour, le flot l'assaillit, le frappa, le remporta au large... Aux suçoirs de la pieuvre, arrachée de son gîte, en grappe les graviers demeurent attachés. C'est tout pareillement qu'aux pointes de la pierre, était restée la peau de ses vaillantes mains. Le flot l'ensevelit. Là, c'en était fini du malheureux Ulysse ; il devançait le sort, sans la claire pensée que lui mit en l'esprit l'Athéna aux yeux pers. Quand il en émergea, le bord grondait toujours ; à la nage, il longea la côte et, les regards vers la terre, il chercha la pente d'une grève et des anses de mer. Il vint ainsi, toujours nageant, devant un fleuve aux belles eaux courantes, et c'est là que l'endroit lui parut le meilleur : la plage était sans roche, abritée de tout vent.

Il reconnut la bouche et pria dans son âme :

Ulysse. – Écoute-moi, seigneur, dont j'ignore le nom ! je viens à toi, que j'ai si longtemps appelé, pour fuir hors de ces flots Posidon et sa rage ! Les Immortels aussi n'ont-ils pas le respect

14. Endroit plat qui permettrait à Ulysse de sortir de l'eau.

d'un pauvre naufragé, venant, comme aujourd'hui je viens à ton courant, je viens à tes genoux, après tant d'infortunes ? Accueille en ta pitié, seigneur, le suppliant qui, de toi, se réclame !

Il dit : le dieu du fleuve suspendit son courant, laissa tomber sa barre et, rabattant la vague au-devant du héros, lui offrit le salut sur sa grève avançante. Les deux genoux d'Ulysse et ses vaillantes mains retombèrent inertes : les assauts de la vague avaient rompu son cœur ; la peau de tout son corps était tuméfiée[15] ; la mer lui ruisselait de la bouche et du nez ; sans haleine et sans voix, il était étendu, tout près de défaillir sous l'horrible fatigue. [...]

Tout compté, le meilleur était d'aller au bois qui dominait le fleuve. Au sommet de la crête, il alla se glisser sous la double cépée[16] d'un olivier greffé et d'un olivier franc qui, nés du même tronc, ne laissaient pénétrer ni les vents les plus forts ni les brumes humides ; jamais la pluie ne les perçait de part en part, tant leurs branches serrées les mêlaient l'un à l'autre.

Ulysse y pénétra ; à pleines mains, il s'entassa un vaste lit, car les feuilles jonchaient le sol en telle couche que deux ou trois dormeurs auraient pu s'en couvrir, même au temps où l'hiver est le plus rigoureux. À la vue de ce lit, quelle joie eut au cœur le héros d'endurance ! S'allongeant dans le tas, cet Ulysse divin ramena sur son corps une brassée de feuilles... Au fond de la campagne, où l'on est sans voisins, on cache le tison sous la cendre et la braise, afin de conserver la semence du feu, qu'on n'aura plus à s'en aller chercher au loin. Sous ses feuilles Ulysse était ainsi caché, et, versant sur ses yeux le sommeil, Athéna, pour chasser au plus tôt l'épuisante fatigue, lui fermait les paupières.

Extraits du chant V, p. 132 à 134, 140 à 147.

15. Écorchée, abîmée. | **16.** Touffe de jeunes tiges sortant d'un même tronc.

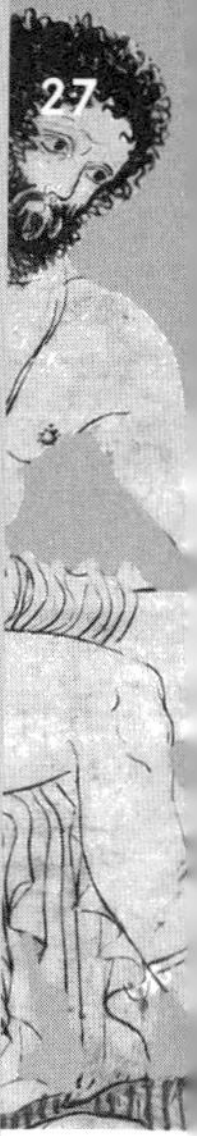

Repérer et analyser

La situation d'énonciation

1 Rappelez le statut du narrateur (voir la leçon, p. 18).

2 La narration est souvent interrompue par une prise de parole de certains personnages. À quoi le voyez-vous ? Qui parle ?

Le cadre

3 « Les monts de Phéacie [...] apparurent » (l. 24) : repérez sur la carte de la page 9 l'emplacement de la Phéacie. Dans quel cadre l'action se déroule-t-elle ?

La progression du récit

4 On peut distinguer plusieurs épisodes dans ce texte. En voici les titres placés dans le désordre.

- Le déchaînement de la tempête.
- Le voyage d'Hermès.
- Les premiers jours de navigation.
- La grotte de la nymphe Calypso.
- La prière.
- L'arrivée d'Ulysse sur le rivage.

Replacez chacun de ces épisodes dans leur ordre chronologique.

Le récit épique

Un récit d'aventure sur mer

L'épopée amplifie souvent les phénomènes naturels (tempête, tonnerre...).

5 **a.** Combien de temps Ulysse erre-t-il sur mer ? Appuyez-vous sur des indices précis.

b. Dans les lignes 36 à 64, relevez les mots appartenant au champ lexical de la tempête.

6 Que fait Ulysse pour braver les éléments déchaînés ? Quels sentiments éprouve-t-il successivement ? Citez le texte à l'appui de votre réponse.

7 En quoi Ulysse se comporte-t-il en héros, mais aussi en homme, avec ses émotions et ses faiblesses ?

L'intervention des dieux

8 Quel dieu s'acharne contre Ulysse ? comment ? Quels dieux, en revanche, lui apportent leur aide ? Citez le texte à l'appui de votre réponse.

9 « Or, du pays des Noirs, remontait le Seigneur qui ébranle le sol » (l. 26-27) : de quel dieu s'agit-il ? d'où vient-il ? Pour répondre, reportez-vous au texte 1 (p. 14).

10 « Les dieux, pour Ulysse, ont changé leurs décrets » (l. 32) : de quels décrets s'agit-il ? Pour répondre, reportez-vous au texte 1 (p. 14).

Les marques de l'oral

L'*Odyssée* est un texte en vers qui était récité par les aèdes, des chanteurs poètes. Pour que l'auditeur reconnaisse clairement les passages du récit où les personnages prennent la parole, ces passages sont souvent annoncés par la formule : « Il dit… » ; les formules comme : « À peine avait-il dit… », « À ces mots… », « … répliqua », « … lui fit cette réponse » et aussi « Il dit… » signalent la fin de ces prises de parole.

11 « À peine avait-il dit » (l. 36) ; « Il dit » (l. 117) : à quel personnage chaque pronom se réfère-t-il ?

Les comparaisons poétiques

Dans l'épopée, les comparaisons poétiques sont très nombreuses. Une comparaison est une figure de style qui rapproche deux éléments, le comparé (mot que l'on compare) et le comparant (mot auquel on compare) à partir d'un point commun. La comparaison est introduite par un outil de comparaison (comme, tel, sembler…).

12 Relevez trois comparaisons (l. 5 à 8, 59 à 61, 98 à 101) et analysez-les.

Étudier la langue

Synonymes et antonymes

13 Donnez un synonyme pour chacun des mots suivants : « ondes » (l. 3), « azur » (l. 4), « grève » (l. 106).

14 Que signifient les adjectifs « magnanime » (l. 21) et « vaillante » (l. 43) ? Donnez un antonyme pour chacun d'eux.

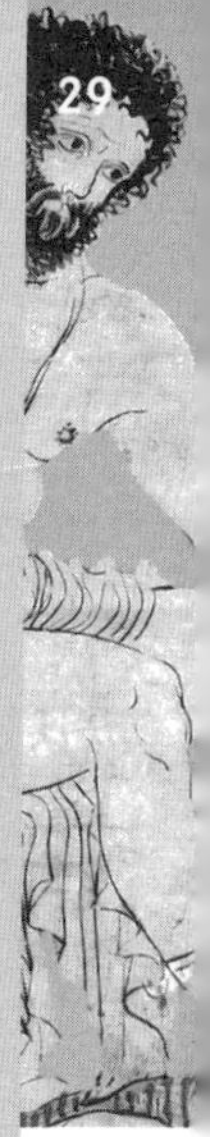

Les suffixes

15 Écrivez l'adjectif « phéaciennes » (l. 33) au masculin et donnez son suffixe. Recherchez quatre mots comportant le même suffixe.

S'exprimer

16 Vous êtes surpris par un violent orage ou par une tempête de neige, à la ville, à la campagne, à la montagne… À la manière d'Homère (en amplifiant les phénomènes), en une dizaine de lignes, vous montrerez le déchaînement des éléments et vous ferez part de vos réactions.

Se documenter

Le dieu Hermès

Plus connu sous son nom latin de Mercure, Hermès est un dieu ayant de nombreuses attributions : il est le messager des Olympiens (les douze principaux dieux), le dieu des voyageurs et des commerçants, le dieu du vol, le dieu de la santé.

Le caducée est un des attributs d'Hermès : il s'agit d'une baguette de laurier ou d'olivier, surmontée de deux petites ailes et autour de laquelle deux serpents sont entrelacés. Le caducée est maintenant l'emblème des médecins.

Texte 3

Nausicaa

La terre où Ulysse a été jeté par la mer est la patrie des Phéaciens ; leur roi est Alkinoos, père de Nausicaa, qui doit bientôt être mariée. Pendant qu'Ulysse reprend des forces en dormant dans son lit de feuillages, Athéna suggère à Nausicaa d'aller laver le linge près du fleuve où il se repose.

[Nausicaa au lavoir]

Alors Nausicaa monta sur la voiture. Sa mère lui tendit, dans la fiole d'or, une huile bien fluide pour se frotter après le bain, elle et ses femmes. La vierge[1] prit le fouet et les rênes luisantes. Un coup pour démarrer, et mules, s'ébrouant, de s'allonger à plein effort et d'emporter le linge et la princesse ; à pied, sans la quitter, ses femmes la suivaient.

On atteignit le fleuve aux belles eaux courantes. Les lavoirs étaient là, pleins en toute saison. Une eau claire sortait à flots de sous les roches, de quoi pouvoir blanchir le linge le plus noir. Les mules dételées, on les tira du char et, les lâchant au long des cascades du fleuve, on les mit paître l'herbe à la douceur de miel. Les femmes avaient pris le linge sur le char et, le portant à bras dans les trous de l'eau sombre, rivalisaient à qui mieux mieux pour le fouler. On lava, on rinça tout ce linge sali ; on l'étendit en ligne aux endroits de la grève où le flot quelquefois venait battre le bord et lavait le gravier. On prit le bain et l'on se frotta d'huile fine, puis, tandis que le linge au clair soleil séchait, on se mit au repas sur les berges du fleuve ; une fois régalées, servantes et maîtresse dénouèrent leurs voiles pour jouer au ballon.

1. Jeune fille (c'est-à-dire non mariée).

Nausicaa aux beaux bras blancs menait le chœur. Quand la déesse à l'arc, Artémis, court les monts, tout le long du Taygète[2], ou joue sur l'Érymanthe[2] parmi les sangliers et les biches légères, ses nymphes, nées du Zeus à l'égide[3], autour d'elle bondissent par les champs, et le cœur de Léto[4] s'épanouit à voir sa fille dont la tête et le front les dominent : sans peine, on la distingue entre tant de beautés. Telle se détachait, du groupe de ses femmes, cette vierge sans maître…

[Rencontre d'Ulysse et de Nausicaa]

Pour rentrer au logis, l'heure approchait déjà de plier le beau linge et d'atteler les mules. C'est alors qu'Athéna, la déesse aux yeux pers, voulut pour ses desseins qu'Ulysse réveillé vît la vierge charmante et fût conduit par elle au bourg des Phéaciens. Elle lançait la balle à l'une de ses femmes ; mais la balle, manquant la servante, tomba au trou d'une cascade. Et filles aussitôt de pousser les hauts cris ! et le divin Ulysse éveillé de s'asseoir ! Son esprit et son cœur ne savaient que résoudre :

ULYSSE. – Hélas ! en quel pays, auprès de quels mortels suis-je donc revenu ? … qu'entends-je autour de moi ? des voix fraîches de filles ?… Mais allons ! de mes yeux, il faut tâcher de voir !

Et le divin Ulysse émergea des broussailles. Sa forte main cassa dans la dense verdure un rameau bien feuillu, qu'il donnerait pour voile à sa virilité. Puis il sortit du bois. Tel un lion des monts, qui compte sur sa force, s'en va, les yeux en feu, par la pluie et le vent, se jeter sur les bœufs et les moutons, ou court forcer les daims sauvages ; c'est le ventre qui parle. Tel, en sa nudité, Ulysse s'avançait vers ces filles bouclées :

2. Nom d'une chaîne de montagnes, célèbre pour le gros gibier qui y vivait.

3. Bouclier de Zeus, fait avec la peau de la chèvre qui l'avait nourri.

4. Mère d'Artémis.

Ulysse, Nausicaa et ses servantes (vase).

le besoin le poussait… Quand l'horreur de ce corps tout gâté par la mer leur apparut, ce fut une fuite éperdue jusqu'aux franges des grèves[5]. Il ne resta que la fille d'Alkinoos : Athéna lui mettait dans le cœur cette audace et ne permettait pas à ses membres la peur. Debout, elle fit tête… […] L'habile homme aussitôt trouva ces mots touchants :

ULYSSE. – Je suis à tes genoux, ô reine ! que tu sois ou déesse ou mortelle ! Déesse, chez les dieux, maîtres des champs du ciel, tu dois être Artémis, la fille du grand Zeus : la taille, la beauté et l'allure, c'est elle !… N'es-tu qu'une mortelle, habitant notre monde, trois fois heureux ton père, et ton auguste mère ! trois fois heureux tes frères !… comme, en leurs cœurs charmés, tu dois verser la joie, chaque fois qu'à la danse, ils voient entrer ce beau rejet[6] de la famille !… et jusqu'au fond de l'âme, et plus que tous les autres, bienheureux le mortel dont les présents vainqueurs t'emmèneront chez lui ! Mes yeux

5. Bords du fleuve. | 6. Branche nouvelle d'un arbre (ici, métaphore pour un enfant).

n'ont jamais vu ton pareil, homme ou femme ! ton aspect me confond ! [7] [...] Vois mon cruel chagrin ! Hier, après vingt jours sur les vagues vineuses[8], j'échappais à la mer : vingt jours que sans arrêt, depuis l'île océane, les flots me rapportaient sous les coups des rafales !... Lorsque les dieux enfin m'ont jeté sur vos bords, n'est-ce pour y trouver que nouvelles souffrances ? Je n'en vois plus la fin : combien de maux encore me réserve le ciel !... Ah ! reine, prends pitié ! c'est toi que, la première, après tant de malheurs, ici j'ai rencontrée ; je ne connais que toi parmi les habitants de cette ville et terre... Indique-moi le bourg ; donne-moi un haillon[9] à mettre sur mon dos ; n'as-tu pas, en venant, apporté quelque housse[10] ?... Que les faveurs des dieux comblent tous tes désirs ! qu'ils te donnent l'époux, un foyer, l'union des cœurs, la belle chose ! Il n'est rien de meilleur, ni de plus précieux que l'accord, au foyer, de tous les sentiments entre mari et femme : grand dépit des jaloux, grande joie des amis, bonheur parfait du couple !

Mais la vierge aux bras blancs le regarda et dit :

NAUSICAA. – Tu sais bien, étranger, car tu n'as pas la mine d'un sot ni d'un vilain, que Zeus, de son Olympe, répartit le bonheur aux vilains comme aux nobles, ce qu'il veut pour chacun : s'il t'a donné ces maux, il faut bien les subir. Mais puisque te voilà en notre ville et terre, ne crains pas de manquer ni d'habits ni de rien que l'on doive accorder, en pareille rencontre, au pauvre suppliant[11]. Vers le bourg, je serai ton guide et te dirai le nom de notre peuple... C'est à nos Phéaciens qu'est la ville et sa terre, et moi, du fier Alkinoos, je suis la fille, du roi qui tient en main la force et la puissance de cette Phéacie.

Extraits du chant VI, p. 150 à 154.

7. Fascine, surprend.
8. Couleur de vin.
9. Vieux vêtement.
10. Couverture (pour les mules ou la carriole).
11. Celui qui implore la bienveillance d'autrui ; équivalent ici de « hôte ».

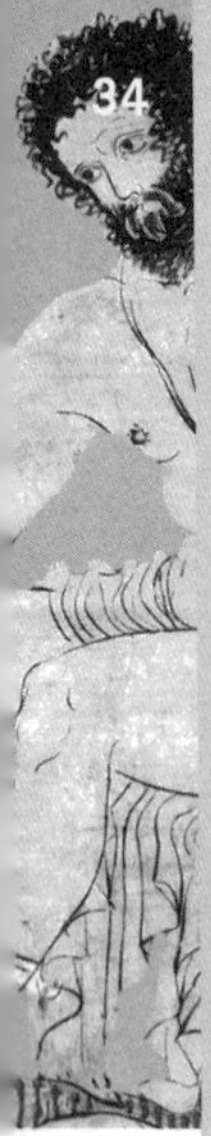

Questions

Repérer et analyser

La situation d'énonciation

1 Rappelez le statut du narrateur (voir la leçon, p. 18).

2 Quels sont les personnages qui prennent la parole ?

Ulysse et Nausicaa

3 Où est Nausicaa ? À quelles activités se livre-t-elle ? Appuyez-vous sur des verbes précis.

4 Analysez la comparaison des lignes 41 à 53. Quelle image est-elle donnée d'Ulysse ?

5 **a.** Quel est le type de phrases dominant dans les lignes 54 à 80 ? Quel est l'état intérieur d'Ulysse ?
b. « L'habile homme » (l. 52) : en quoi Ulysse se montre-t-il habile envers Nausicaa ?
Pour répondre :
- relevez les mots et expressions par lesquels il désigne et caractérise Nausicaa ;
- montrez, en citant des expressions du texte, qu'il cherche à susciter la pitié ;
- dites quels souhaits il formule pour elle.

6 Comment Nausicaa réagit-elle ? Quelle image est-elle donnée d'elle ?

Le récit épique

L'épithète homérique (voir la leçon, p. 19)

7 Dans les lignes 14 à 36, relevez les épithètes homériques et dites quels sont les éléments caractérisés.

L'intervention des dieux

8 Athéna intervient deux fois dans ce passage. Auprès de qui ? pourquoi ? Citez le texte à l'appui de votre réponse.

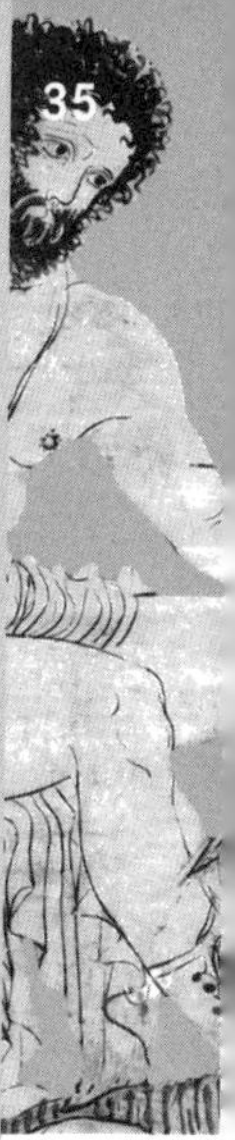

Étudier la langue

9 Donnez un synonyme et un homonyme de « desseins » (l. 31).

10 Les mots « chœur » (l. 21) et « cœur » (l. 51) sont-ils synonymes ou homonymes ? Justifiez votre réponse. Donnez pour chacun d'eux un mot de la même famille que vous utiliserez dans une phrase de votre composition.

11 On utilise parfois l'infinitif de narration pour donner plus de vivacité au récit : « Et filles aussitôt de pousser les hauts cris ! et le divin Ulysse éveillé de s'asseoir » (l. 34 à 36).
Récrivez cette phrase en remplaçant les infinitifs par des verbes conjugués à un temps du passé. Quel temps avez-vous choisi ? pourquoi ?

S'exprimer

12 Imaginez en quelques lignes le récit que Nausicaa fait à son père de son aventure et de sa rencontre avec Ulysse. Elle tente de le convaincre de le recevoir.

13 « On atteignit… on lava… on rinça… » (l. 7 à 20).
a. Quel temps marque la succession des actions ?
b. Sur ce mode, racontez en quelques lignes une journée à la campagne. Vous conserverez le même temps.

Se documenter

Les jeux de balles

« • Grèce, Rome • 3 joueurs et plus •
jeu de force, jeu d'adresse • extérieur • balle

Alexandre, Jules César, Auguste, Mécène, pour n'en citer que quelques-uns, furent de fins joueurs de balle. Le jeu passait pour un excellent moyen de se conserver en forme et resta toujours en vogue.

Les balles, bourrées de crin ou de sable enveloppé dans de la peau ou une étoffe solide aux couleurs vives, étaient de taille variable. Les Romains en utilisaient cinq et leur donnaient un nom différent en fonction de leur dimension et de leur poids.

LA BALLE DES ÉPHÈBES : LA PLUS SPORTIVE ! On délimite deux camps, sous la forme d'un vaste carré coupé par une ligne médiane. La balle est placée au centre de cette ligne, tandis que les joueurs des deux camps se placent sur leur ligne arrière. Au signal, ils se précipitent pour s'emparer de la balle. Il faut alors envoyer la balle dans le camp adverse, tandis que les joueurs de l'autre camp essaieront de l'intercepter et de l'envoyer à leur tour de l'autre côté. Ceux qui mordent la ligne arrière ou avant, en sautant pour tenter d'attraper la balle, sont éliminés.
Ce jeu très sportif était pratiqué dans les gymnases grecs, d'où son nom de balle des éphèbes. Faibles constitutions, s'abstenir !

LA BALLE AU CIEL. Un joueur lance sa balle en l'air, les autres doivent la rattraper. »

C. Eugène, *La Mouche de cuivre ; jouer comme les enfants d'Athènes et de Rome*, Éd. Hatier.

Texte 4

L'hospitalité d'Alkinoos

Ulysse, revêtu des habits que lui a donnés Nausicaa, est reçu au manoir d'Alkinoos. Sans dire son nom, il raconte ses épreuves depuis qu'il a quitté Calypso et explique qu'il souhaite rentrer dans sa patrie au plus vite.

Le lendemain, dès l'aurore, Alkinoos réunit sur l'agora (c'est-à-dire la place publique) l'assemblée des Phéaciens.

[L'accueil d'Ulysse]

[...] Athéna s'en allait par la ville, sous les traits d'un héraut[1] du sage Alkinoos. Elle arrêtait chacun et lui donnait l'avis :

ATHÉNA. – Par ici, conseillers et doges[2] phéaciens ! allez à l'agora ! vous verrez l'étranger que vient de recevoir le sage Alkinoos : il a roulé les mers ! il est beau comme un dieu !

Ce discours excitant le zèle en tous les cœurs, la foule en un instant avait empli les sièges ; dans les deux agoras, on se pressait pour admirer le sage Ulysse : Athéna lui versait sur la tête et le buste une grâce céleste[3] et le faisait paraître et plus grand et plus fort, pour conquérir le cœur de tous les Phéaciens et gagner leur respect, leur crainte et la victoire aux différents concours, lorsque ces Phéaciens provoqueraient Ulysse.

Quand, le peuple accouru, l'assemblée fut complète, Alkinoos, prenant la parole, leur dit :

ALKINOOS. – Doges et conseillers de Phéacie, deux mots ! J'ai là cet étranger dont j'ignore le nom ; en ma demeure, après

1. Messager, porte-parole du roi.
2. Chef dont la puissance s'étend sur la mer.
3. Divine, digne du ciel (c'est-à-dire des dieux).

naufrage il est venu; mais nous arrive-t-il des peuples de l'aurore ou de ceux du couchant?… Il prie qu'on le ramène et veut être fixé. Nous, comme à l'ordinaire, hâtons sa reconduite! Jamais, au grand jamais, on ne vint sous mon toit pour vivre dans l'angoisse, en attendant sans fin la journée du retour: allons! vite! tirons à la vague divine un vaisseau préparé pour son premier voyage; dans le peuple, levons cinquante-deux rameurs de vaillance éprouvée; chacun d'eux à son banc ira lier[4] sa rame, puis ils débarqueront et reviendront chez moi nous préparer tout aussitôt un prompt festin; je fournirai pour tous… Jeunes gens, j'ai parlé… Mais vous, les rois à sceptre, il faut venir aussi en ma belle demeure: je veux que nous fêtions notre hôte en ma grand-salle. Allons! pas de refus! et qu'on aille chercher notre aède[5] divin, notre Démodocos que la déesse a fait le charmeur sans rival, quel que soit le sujet où l'engage son cœur.

[L'aède Démodocos]

Il dit et, leur montrant la route, il s'en alla devant les rois à sceptre. Un héraut se rendit chez l'aède divin. Cinquante-deux rameurs, que l'on avait levés suivant l'ordre du roi, descendirent au bord de la mer inféconde. Quand ils eurent atteint le navire et la mer, le noir croiseur fut amené en eau profonde, puis, dans ce noir vaisseau, on chargea mât et voiles; aux estropes[6] de cuir, on attacha les rames; en rade, on fut mouiller sous le cap de l'aval[7], et l'on revint ensuite à la grande maison du sage Alkinoos, où tout était rempli, enceinte, entrées et salles. Pour ses hôtes, le roi avait fait immoler huit cochons aux dents blanches, douze brebis, deux bœufs à la démarche torse, qu'on avait écorchés et qu'on parait déjà pour apprêter le plus aimable des festins. Le héraut reparut, menant le brave

4. Attacher.
5. Poète et chanteur. Homère était un aède.
6. Anneaux.
7. L'entrée du port.

aède à qui la Muse aimante avait donné sa part et de biens et de maux, car, privé de la vue, il avait reçu d'elle le chant mélodieux. Pour lui faire une place au centre du festin, Pontonoos[8] prit un fauteuil aux clous d'argent, qu'il s'en vint adosser à la haute colonne, et, pendant au crochet, au-dessus de sa tête, la cithare au chant clair, il lui montrait à la reprendre de ses mains, puis approchait de lui, sur une belle table, la corbeille du pain et la coupe de vin pour boire à son envie. Alors, aux parts de choix préparées et servies, ils tendirent les mains.

Quand on eut satisfait la soif et l'appétit, l'aède, que la Muse inspirait, se leva. [...]

Sans savoir qu'il s'adresse à Ulysse (qui n'a toujours pas révélé son nom), l'aède évoque un épisode de la guerre de Troie et cite Ulysse.

Or, tandis que chantait le glorieux aède, Ulysse avait saisi son écharpe de pourpre et, de ses mains vaillantes, la tirait sur son front. De cette grande écharpe, il voila ses beaux traits : devant les Phéaciens, il eût rougi des pleurs qui gonflaient ses paupières ; mais, à chaque repos de l'aède divin, il essuyait ses pleurs, rejetait son écharpe et, de sa double coupe, faisait l'offrande aux dieux, puis, à chaque reprise, quand, charmés de ses vers, les chefs des Phéaciens redemandaient l'aède, Ulysse, ramenant l'écharpe, sanglotait...

À toute l'assistance, il sut cacher ses larmes : le seul Alkinoos s'en douta, puis les vit, – ils siégeaient côte à côte, – et l'entendit enfin lourdement sangloter.

Pour distraire son hôte, Alkinoos organise des jeux (course à pied, lutte, disque, pugilat). Invité à montrer son savoir-faire, et raillé parce qu'il hésite, Ulysse se décide.

8. Héraut d'Alkinoos.

[Ulysse lance le disque]

ULYSSE. – […] Je ne suis pas, aux jeux, l'apprenti que tu crois. J'étais dans les premiers, tant que j'avais pour moi mes bras et ma jeunesse. Maintenant la misère et les chagrins me tiennent : j'ai trop longtemps pâti à batailler sur terre, à peiner sur les flots… Mais n'importe ! je vais, après tant de souffrances, m'essayer à vos jeux. Tes discours m'ont mordu le cœur : c'est un défi[9] pour moi que tes paroles.

À ces mots, il s'élance et, sans même quitter son écharpe, il va prendre un disque[10] bien plus large et beaucoup plus pesant que tous ceux dont avaient jouté[11] les Phéaciens. Il le tourne une fois, et le disque en ronflant quitte sa main vaillante, et tous ces armateurs[12], ces gens aux longues rames saluent jusques[13] au sol, sous le vent de la pierre, et le disque, passant toutes les autres marques, continue de courir. Lui, restait, main levée.

Prenant les traits d'un homme, Athéna vint marquer l'arrêt et lui cria :

ATHÉNA. – Un aveugle, notre hôte, un aveugle à tâtons distinguerait ta marque ; elle n'est pas mêlée à la foule des autres. Bravo pour ce coup-là ! personne en Phéacie n'est capable d'aller jusqu'ici ni plus loin.

Extraits du chant VIII, p. 170 à 177.

Ulysse est comblé de présents ; mais Alkinoos lui demande de révéler son nom et de raconter ses aventures. Le héros grec avoue alors : « C'est moi qui suis Ulysse, oui, ce fils de Laërte […]. »

9. Provocation, appel à faire preuve de sa force ou de son talent.
10. Palet rond et lourd ; l'équivalent du lancer de disque aujourd'hui est le lancer de poids.
11. Dont s'étaient servis les Phéaciens pour rivaliser entre eux.
12. Propriétaires de bateaux.
13. Autre orthographe de « jusque ».

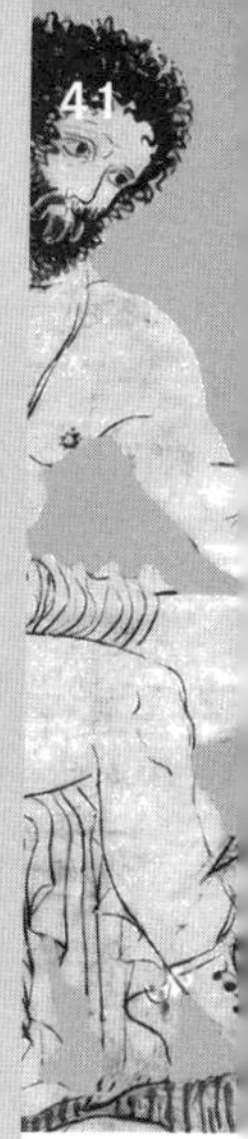

Questions

Repérer et analyser

Le narrateur et le cadre

1 Rappelez le statut du narrateur (voir la leçon, p. 18).

2 Où se passe la scène ? Quels personnages prennent la parole ?

Les personnages

Ulysse et Alkinoos

3 Quel est le sens du mot « hospitalité » ? Cherchez dans votre dictionnaire les deux sens du mot « hôte ».

4 Relevez, dans les lignes 16 à 32, les termes, expressions et formes verbales qui expriment la hâte d'Alkinoos à faire bon accueil à Ulysse. Vous préciserez le mode et le temps des verbes.

5 Que promet Alkinoos à Ulysse ? Citez le texte.

L'aède Démodocos

6 Qui est Démodocos ?

7 Relevez les termes qui montrent qu'Ulysse est ému par le récit de Démodocos. Pourquoi l'est-il ?

8 Pourquoi les Phéaciens ne remarquent-ils pas qu'Ulysse pleure ?

Le récit épique

L'exploit d'Ulysse

9 Quel est l'exploit d'Ulysse ? Expliquez la phrase : « Un aveugle [...] des autres » (l. 86-87).

L'intervention des dieux

10 Athéna intervient deux fois dans ce récit. Auprès de qui ? sous quelle forme et de quelle façon ?

S'exprimer

11 Vous avez participé à une épreuve sportive ou vous avez passé un concours. Comment vous y êtes-vous préparé ? Comment l'épreuve s'est-elle déroulée pour vous ? Avez-vous été satisfait de votre résultat ? Faites le récit de cette expérience en une trentaine de lignes.

Se documenter

Les Muses

12 **a.** Cherchez les noms et la spécialité des neuf Muses. Ces spécialités sont-elles toutes artistiques ?
b. Quel rapport y a-t-il entre les Muses et un musée ?

La lyre

C'est Hermès qui avait inventé la lyre ; au début, elle n'avait que trois cordes ; puis, en se perfectionnant, elle devint la grande cithare à trente-deux cordes.

13 **a.** En vous aidant toujours de dictionnaires, dites ce que l'on appelle « poésie lyrique ».
b. En quoi la cithare moderne ressemble-t-elle à la cithare antique ?
c. Quel instrument si populaire aujourd'hui, et dont s'accompagnent nos aèdes modernes, est le lointain descendant de la cithare grecque ?

Les navires

14 Dans les ordres que donne Alkinoos pour préparer le navire qui doit emmener Ulysse, nous trouvons un grand nombre d'indications sur la navigation :
- notez que le bateau était « tiré » de la plage dans la mer : qu'en concluez-vous sur les dimensions et le poids des navires ?
- combien le navire reçoit-il d'hommes ?
- comment sont fixées les rames ?

On ne comprendrait pas l'*Odyssée* si l'on croyait que les navires pouvaient être propulsés par les rames seules. En fait, les rames ne servent qu'aux manœuvres, ou encore, pendant très peu de temps, quand on veut échapper à un danger : vous en trouverez des exemples par la suite.
Ces longs trajets ne pouvaient se faire qu'à la voile.
De plus, le gouvernail n'était qu'une rame à pale large, qui ne permettait que peu de manœuvres : les marins grecs étaient donc à peu près totalement à la merci des vents.

Texte 5

Le Cyclope Polyphème

Après avoir avoué son nom à Alkinoos, Ulysse raconte comment, après le sac de Troie, la flotte qui devait le ramener dans sa patrie fut d'abord poussée vers les Kikones, qui firent périr six hommes sur chaque vaisseau.

Plus tard, une tempête chasse la flotte chez les Lotophages, mangeurs de lotos, sorte de dattes délicieuses qui semblent amoindrir la volonté.

Puis, Ulysse raconte son arrivée chez les Cyclopes avec ses compagnons.

[1. Le monstrueux Polyphème]

De là, nous arrivons au pays des Yeux Ronds[1], brutes sans foi ni lois, qui, dans les Immortels, ont tant de confiance qu'ils ne font de leurs mains ni plants ni labourages. Chez eux, pas d'assemblée qui juge ou délibère ; mais, au haut des grands monts, au creux de sa caverne, chacun, sans s'occuper d'autrui, dicte sa loi à ses enfants et femmes. […]

Nous eûmes vite atteint l'endroit, d'ailleurs tout proche, où sur le premier cap et dominant la mer s'offrait à nos regards une haute caverne, ombragée de lauriers. Elle servait d'étable à de nombreux troupeaux de brebis et de chèvres : au-devant, une cour profonde était enclose de gros blocs arrachés, de chênes à panache et de pins au long fût. C'est là que notre monstre humain avait son gîte ; c'est là qu'il vivait seul, à paître ses troupeaux, ne fréquentant personne, mais toujours à l'écart et ne pensant qu'au crime. Ah ! le monstre étonnant ! il n'avait

1. Nom donné aux Cyclopes (voir le lexique, p. 10).

rien d'un bon mangeur de pain, d'un homme : on aurait dit plutôt quelque pic forestier qu'on voit se détacher sur le sommet des monts.

Je débarque et j'ordonne à mon brave équipage de garder le vaisseau sans bouger de la grève ; mais je pars, n'emmenant que douze hommes d'élite que j'avais désignés. J'emportais avec moi une outre, en peau de chèvre, de ce vin noir si doux [...].

Rapidement, nous arrivons à la caverne : il n'était pas chez lui ; il était au pacage avec ses gras moutons. Nous entrons dans la grotte et faisons la revue : claies[2] chargées de fromages ; agnelets et chevreaux dans les enclos bondés, – chaque âge avait ses stalles[3], les aînés par ici et les cadets par là, plus loin les nouveau-nés ; – des vases en métal, tous regorgeant de lait, les terrines, les seaux, qui lui servaient à traire. [...] Nous faisons du feu [...] et [...] nous mangeons des fromages. Puis, dans la grotte assis, nous restons à l'attendre.

Le voici qui revient, ramenant son troupeau : il porte à pleine charge un tas de branches mortes, pour le feu du souper : sous la voûte, il les jette avec un tel fracas qu'éperdus, nous fuyons au fond de la caverne. Il fait alors entrer dans cette vaste salle tout le troupeau dodu des femelles à traire ; mais il laisse au-dehors, dans le creux de la cour, les boucs et les béliers. Puis il ferme l'entrée avec un gros rocher qu'il lève et met debout : même avec vingt-deux hauts fardiers[4] à quatre roues, on n'eût pas fait bouger cette pierre du sol.

Quand il a pour portail ce roc infranchissable, il s'assied et se met à traire d'affilée[5] tout son troupeau bêlant de brebis et de chèvres ; puis, lâchant le petit sous le pis de chacune, il fait de son lait blanc cailler une moitié, qu'il égoutte et dépose en ses paniers de joncs ; mais il avait gardé le reste en ses terrines

2. Grilles.
3. Boxes où sont placés les animaux.
4. Chariots pour transporter de lourds fardeaux.
5. À la suite.

pour le boire à son heure ou pendant son souper. Ce travail achevé, et ce ne fut pas long, il ranime le feu, nous voit et nous demande :

POLYPHÈME. – Étrangers, votre nom ? d'où nous arrivez-vous sur les routes des ondes ? faites-vous le commerce ?... n'êtes-vous que pirates qui, follement, courez et croisez[6] sur les flots et, risquant votre vie, vous en allez piller les côtes étrangères ?

Il disait. Nous sentions notre cœur éclater, sous la peur de ce monstre et de sa voix terrible. Mais que faire ?... Je prends la parole et lui dis :

ULYSSE. – Nous sommes Achéens. Nous revenions de Troie. Mais les vents de toute aire nous ont fait, hors de route, errer sur cet immense abîme de la mer : quand nous comptions rentrer, quels chemins ! quel voyage pour venir jusqu'ici !... C'est Zeus assurément qui l'avait décidé... Guerriers d'Agamemnon[7], nous avons eu l'honneur de servir cet Atride[8], dont le renom n'a plus son égal sous les cieux, si grande était la ville, qu'il pilla jusqu'au sol, et si nombreux les gens, dont il causa la perte ! Nous voici maintenant chez toi, à tes genoux, espérant recevoir ton hospitalité et quelqu'un des présents, que l'on se fait entre hôtes. Crains les dieux, brave ami ! tu vois des suppliants : Zeus se fait le vengeur du suppliant, de l'hôte ! Zeus est l'Hospitalier, qui amène les hôtes et veut qu'on les respecte !

Je disais ; mais ce cœur sans pitié me répond :

POLYPHÈME. – Tu fais l'enfant, mon hôte ! ou tu nous viens de loin ! Tu veux que, moi, je craigne et respecte les dieux ! Sache que les Yeux Ronds n'ont à se soucier ni des dieux fortunés ni du Zeus à l'égide : nous sommes les plus forts. Non ! sans aucun égard pour la haine de Zeus, je ne t'épargnerai, toi et tes compagnons que s'il plaît à mon cœur... [...]

6. Naviguez.
7. Chef des Grecs pendant la guerre de Troie.
8. Nom traditionnel des chefs grecs pendant la guerre de Troie.

Mais, sur mes compagnons s'élançant, mains ouvertes, il en prend deux ensemble et, comme petits chiens, il les rompt contre terre : leurs cervelles, coulant sur le sol, l'arrosaient ; puis, membre à membre, ayant déchiqueté leurs corps, il en fait son souper ; à le voir dévorer, on eût dit un lion, nourrisson des montagnes ; entrailles, viandes, moelle, os, il ne laisse rien. Nous autres, en pleurant, tendions les mains vers Zeus !... voir cette œuvre d'horreur !... se sentir désarmé !...

Quand enfin le Cyclope a la panse remplie de cette chair humaine et du lait non mouillé qu'il buvait par-dessus, il s'allonge au milieu de ses bêtes dans l'antre. [...]

Questions

Repérer et analyser

La situation d'énonciation

1 Dans les lignes 1 à 22, quels sont les pronoms personnels utilisés :
- pour désigner ensemble Ulysse et ses compagnons ;
- pour désigner Ulysse seul ?

2 Quel pronom était utilisé pour désigner Ulysse dans le chant précédent (voir p. 39, l. 57 à 68) ?

3 Qui est désormais le narrateur ? pourquoi ce changement ?

4 À qui Ulysse s'adresse-t-il dans les lignes 57 à 70 ?

Le cadre et la progression du récit

5 Relevez les indications de lieu (l. 1 à 12). Où se situe la caverne du Cyclope ?

6 Quels sont les principaux événements qui s'enchaînent dans cet extrait ? Relevez les mots qui indiquent la succession des actions.

Les personnages

Le Cyclope

7 Relevez les mots et expressions qui désignent le Cyclope. Quelle image est donnée de lui ?

8 **a.** Par quel aspect le Cyclope est-il monstrueux ? Est-il monstrueux à l'égard de son troupeau ? Justifiez votre réponse.
b. Faites le relevé de ses différentes activités (l. 42 à 49).

9 Relevez les mots ou expressions qui appartiennent au champ lexical de la force (l. 33 à 41) et de la cruauté (l. 78 à 88).

Ulysse

10 Voici, dans le désordre, quatre moments du récit d'Ulysse (l. 57 à 70). Remettez-les dans l'ordre en indiquant les lignes.
- Ulysse se présente comme un suppliant.
- Ulysse raconte les difficultés de son retour.
- Ulysse se place sous la protection des dieux.
- Ulysse évoque ses exploits passés.

Se documenter

L'hospitalité

L'hospitalité est un devoir sacré, l'étranger étant guidé vers la demeure de son hôte par les dieux. Ulysse ne manque pas de le rappeler, dans le petit discours qu'il adresse au Cyclope : « Nous voici maintenant chez toi, à tes genoux, espérant recevoir ton hospitalité et quelqu'un des présents, que l'on se fait entre hôtes » (l. 65 à 67).

Il est aux genoux du Cyclope : c'est le geste du « suppliant », qui se met sous la protection de Zeus : « Zeus se fait le vengeur du suppliant, de l'hôte ! Zeus est l'Hospitalier, qui amène les hôtes et veut qu'on les respecte ! » (l. 68 à 70).

Jeunes filles dansant (sculpture).

[2. Première ruse d'Ulysse]

Dans son berceau de brume, aussitôt que paraît l'Aurore aux doigts de roses, il ranime le feu, puis il trait d'affilée ses bêtes magnifiques et lâche le petit sous le pis de chacune. Ce travail achevé, – et ce ne fut pas long, – il prend encor deux de mes gens pour déjeuner et, quand il a mangé, il fait sortir de l'antre toutes ses bêtes grasses. Sans effort, il avait ôté le grand portail que, vite, il replaça : on eût dit qu'il mettait la valve[1] d'un carquois[2]. Puis, criant et sifflant, il emmène ses gras moutons vers la montagne.

Il nous avait quittés. Je roulais la vengeance au gouffre de mon cœur ; or voici le projet que je crus le plus sage. Le Cyclope avait là, contre l'un de ses parcs, une grosse massue : c'était un olivier qu'il avait cassé vert pour le porter bien sec. Lorsque nous l'avions vu, nous l'avions comparé au mât d'un noir vaisseau, d'un de ces gros transports à vingt bancs de rameurs, qui peuvent traverser le grand gouffre des mers : c'était même longueur, à l'œil, même grosseur… Je me lève et je vais en couper une brasse[3], que je passe à mes gens pour en ôter les nœuds.

Quand ils l'ont bien poli, j'en viens tailler la pointe ; je la mets à durcir dans le feu que j'active ; je cache enfin ce pieu au profond du fumier, dont l'épaisse litière recouvrait tout le sol de la grande caverne. Je fais alors tirer au sort ceux de mes gens qui, partageant mon risque et soulevant le pieu, s'en iront le planter et tourner dans son œil, sitôt que nous verrons sur lui le doux sommeil. Le sort désigne ceux que moi-même aurais pris ; ils étaient quatre, et moi, je m'enrôle en cinquième.

Il rentre vers le soir, ramenant son troupeau à la fine toison. Mais, sous la grande voûte, il pousse ce jour-là toutes ses bêtes

1. Couvercle.
2. Étui où l'on place les flèches.
3. Longueur, les deux bras étendus, d'une main à l'autre.

grasses ; dans le creux de la cour, il n'en laisse pas une : avait-il son idée ?... fut-ce l'ordre d'un dieu ?...

Avec son gros rocher qu'il lève et met debout, il a bouché l'entrée. Il s'assied et se met à traire d'affilée tout son troupeau bêlant de brebis et de chèvres, puis lâche le petit sous le pis de chacune. Ce travail achevé, et ce ne fut pas long, il prend encor pour son souper deux de mes gens.

Alors je viens à lui, tout près, et je lui parle ; je tenais à deux mains une auge de vin noir :

Ulysse. – Cyclope, un coup de vin sur les viandes humaines que tu viens de manger : tu verras la boisson que nous avions à bord ! C'est la libation que je voulais t'offrir, pensant que ta pitié nous remettrait chez nous. Mais ta fureur n'a plus de bornes, malheureux ! Penses-tu que, chez toi, jamais homme revienne, lorsque l'on connaîtra cette étrange conduite ?

Je disais ; mais, prenant mon auge, il la vida : quelle joie formidable à boire ce doux vin !... Il en voulut avoir une seconde fois :

Polyphème. – Donne encor, sois gentil ! et dis-moi maintenant, tout de suite, ton nom ! car je voudrais t'offrir, ô mon hôte, un présent qui va te réjouir. Sur cette terre aux blés, les Cyclopes ont bien le vin des grosses grappes, que les ondées de Zeus viennent gonfler pour eux. Mais ça, c'est un extrait de nectar[4], d'ambroisie[5] !

Il dit et, de nouveau, je lui remplis son auge de vin aux sombres feux ; trois fois, j'apporte l'outre, et trois fois, comme un fol, il avale d'un trait !... Je vois bientôt le vin l'envahir jusqu'au cœur. Alors, pour l'aborder, j'essaie des plus doux mots :

Ulysse. – Tu veux savoir mon nom le plus connu, Cyclope ? je m'en vais te le dire ; mais tu me donneras le présent annoncé.

4. Boisson des dieux.

5. Nourriture des dieux.

C'est Personne, mon nom : oui ! mon père et ma mère et tous mes compagnons m'ont surnommé Personne.

Je disais ; mais ce cœur sans pitié me répond :

POLYPHÈME. – Eh bien ! je mangerai Personne le dernier, après tous ses amis ; le reste ira devant, et voilà le présent que je te fais, mon hôte !

Il se renverse alors et tombe sur le dos… Bientôt nous le voyons ployer son col énorme, et le sommeil le prend, invincible dompteur. Mais sa gorge rendait du vin, des chairs humaines, et il rotait, l'ivrogne ! J'avais saisi le pieu ; je l'avais mis chauffer sous le monceau des cendres ; je parlais à mes gens pour les encourager : si l'un d'eux, pris de peur, m'avait abandonné !…

Quand le pieu d'olivier est au point de flamber, – tout vert qu'il fût encore, on en voyait déjà la terrible lueur, – je le tire du feu ; je l'apporte en courant ; mes gens, debout, m'entourent : un dieu les animait d'une nouvelle audace. Ils soulèvent le pieu : dans le coin de son œil, ils en fichent la pointe. Moi, je pèse d'en haut et je le fais tourner… Vous avez déjà vu percer à la tarière[6] des poutres de navire, et les hommes tirer et rendre la courroie, et l'un peser d'en haut, et la mèche virer, toujours en même place ! C'est ainsi qu'en son œil, nous tenions et tournions notre pointe de feu, et le sang bouillonnait autour du pieu brûlant : paupière et sourcils n'étaient plus que vapeurs de la prunelle en flammes, tandis qu'en grésillant, les racines flambaient… Dans l'eau froide du bain qui trempe le métal, quand le maître bronzier plonge une grosse hache ou bien une doloire[7], le fer crie et gémit. C'est ainsi qu'en son œil, notre olivier sifflait… Il eut un cri de fauve. La roche retentit. Mais nous, épouvantés, nous étions déjà loin.

6. Grande vrille pour percer des trous.

7. Sorte de hache.

Ulysse et ses compagnons aveuglant Polyphème (coupe, VIe siècle av. J.-C.).

Il s'arrache de l'œil le pieu trempé de sang. Il le rejette au loin, de ses mains en délire. Il appelle à grands cris ses voisins, les Cyclopes, qui, dans le vent de la falaise, ont leurs cavernes. Ils entendent son cri ; de partout, ils s'empressent. Ils étaient là, debout, tout autour de la grotte, voulant savoir sa peine.

LE CHŒUR. – Polyphème, pourquoi ces cris d'accablement ?… pourquoi nous réveiller en pleine nuit divine ?… serait-ce ton troupeau qu'un mortel vient te prendre ?… est-ce toi que l'on tue par la ruse ou la force ?

De sa plus grosse voix, Polyphème criait du fond de la caverne :

POLYPHÈME. – La ruse, mes amis ! la ruse ! et non la force !… et qui me tue ? Personne !

Les autres de répondre avec ces mots ailés :

LE CHŒUR. – Personne ?… contre toi, pas de force ?… tout seul ?… c'est alors quelque mal qui te vient du grand Zeus, et nous n'y pouvons rien : invoque Posidon, notre roi, notre père !

À ces mots, ils s'en vont, et je riais tout bas : c'est mon nom de Personne et mon perçant esprit qui l'avaient abusé ! […]

Questions

Repérer et analyser

La situation d'énonciation

1 Rappelez qui est le narrateur.

2 Que signifie le mot « chœur » ? Qui est ici désigné par « le chœur » (l. 97) ? Pour répondre, relisez les lignes précédentes.

La progression du récit

3 Quels sont les événements qui s'enchaînent dans cet extrait ?

4 Relevez les indications temporelles (l. 1 à 3, 28, 98). Combien de temps dure cet épisode ?

Les personnages

Ulysse

5 De quelles qualités Ulysse fait-il preuve dans cet épisode ? Pour répondre, dites :

a. Quel est le projet d'Ulysse (« Or voici… le plus sage », l. 11).

b. Quel don Ulysse fait au Cyclope.

c. Comment Ulysse se fait appeler.

d. Pourquoi les autres Cyclopes n'interviennent pas quand Polyphème les appelle.

6 Faites le relevé des différentes activités de Polyphème (l. 1 à 9 et 32 à 36). Comparez-les avec celles de la veille (p. 44-45, l. 42 à 49). Que remarquez-vous ?

Le Cyclope

7 Montrez en citant le texte que le Cyclope est un être monstrueux.

Le récit épique

Les épithètes homériques (voir la leçon, p. 19)

8 Relevez les épithètes homériques caractérisant l'Aurore et le vin.

Les comparaisons

9 Relevez et analysez les comparaisons lignes 80 à 91 (comparant, comparé ou outil de comparaison, élément commun).

[3. Nouvelle ruse d'Ulysse]

Gémissant, torturé de douleurs, le Cyclope, en tâtonnant des mains, était allé lever le rocher du portail, puis il s'était assis en travers de l'entrée, les deux mains étendues pour nous prendre au passage, si nous voulions sortir dans le flot des moutons : il attendait de moi pareil enfantillage !... Je songeais au moyen de nous arracher tous, mes compagnons et moi, aux prises de la mort, et, ruses et calculs, je mettais tout en œuvre : notre vie se jouait ; le désastre était proche...

Et voici le projet que je crus le plus sage. Ses béliers étaient là, des mâles bien nourris, à l'épaisse toison. Sans bruit, avec l'osier, qui servait de coucher à ce monstre infernal, j'avais fait des liens. J'attache les béliers ensemble, trois par trois : la bête du milieu portait l'un de mes gens ; les autres la flanquaient, pour mieux cacher mes hommes, dont le poids reposait ainsi sur le trio. Il me restait, à moi, le bélier le plus fort. Je le prends par les reins, puis, coulé sous son ventre, je m'allonge en sa laine, et je reste pendu, tordant à pleines mains sa toison merveilleuse : rien ne lasse mon cœur... [...]

Aussitôt qu'apparaît, dans son berceau de brume l'Aurore aux doigts de roses, les boucs et les béliers courent au pâturage ; mais les brebis, bêlant, font cercle autour des stalles : le maître n'avait pu les traire et, trop pesants, leurs pis leur faisaient mal.

Secoué de douleurs cruelles, le Cyclope tâtait, pour la fouiller, l'échine de ses bêtes, qui s'arrêtaient bien droites... L'enfant ! il ne vit pas ce qui pendait au ventre, dans l'épaisse toison.

Le dernier à sortir, mon bélier s'avançait, alourdi de sa laine et de mes lourds pensers. Polyphème le tâte et, de sa grosse voix :

POLYPHÈME. – Doux bélier, qu'as-tu donc ?... te voilà le dernier à sortir de la grotte ?... les autres t'ont laissé ?... D'ordinaire, c'est toi qui, le premier de tous, t'en vas paître à grands pas les tendres fleurs des prés ! et tu vas, le premier, au courant des rivières ! et le premier encor, tu t'empresses, le soir, de rentrer à l'étable !... Aujourd'hui te voilà le dernier des derniers !... Est-ce l'œil de ton maître qui cause tes regrets ? cet œil, qu'un scélérat, avec ses compagnons infâmes, a crevé : ce Personne ! il noya ma raison dans le vin ; mais celui-là, crois-moi, n'est pas tiré d'affaire... Si l'amitié pouvait te donner la parole !... si tu pouvais me dire où il fuit ma colère !... de son crâne fendu, sa cervelle partout, à travers la caverne, arroserait le sol et mon cœur trouverait moins lourdes les souffrances, qu'est venu m'apporter ce perdu de Personne !

Il dit et, le lâchant, fait sortir le bélier.

Dès qu'on est un peu loin de l'antre et de la cour, je me déprends d'abord, puis je délie mes hommes, et, courant et poussant les bêtes trottinantes, que leur graisse alourdit, nous rentrons au navire, avec de longs détours... Ah ! la joie de nos gens à nous voir reparaître, échappés à la mort !... et les pleurs et les cris sur ceux qui ne sont plus !.. Mais, les sourcils froncés je défends que l'on pleure. J'ordonne qu'au navire, on jette sans retard tout un lot de brebis à l'épaisse toison et que, sur l'onde amère, au plus tôt l'on reparte. Mes gens sautent à bord et vont s'asseoir aux bancs ; quand, chacun en sa place, la rame bat le flot qui blanchit sous les coups, je m'adresse au Cyclope, en paroles railleuses :

Ulysse. – Non ! il n'était pas dit que tu devais, Cyclope, manger les compagnons d'un homme sans vigueur, abusant de ta force au fond de ta caverne !... De ta méchanceté, tu devais rencontrer le paiement, malheureux, qui n'accueilles les hôtes que pour les dévorer ! Zeus et les autres dieux t'en ont récompensé.

Je dis et, dans son cœur, redouble la colère. D'une grosse montagne, il arrache la cime. Il la lance. Elle tombe au-devant du navire à la proue azurée. La mer, sous la tombée de la roche, s'ébranle, et le flot de retour nous ramène à la terre, où ce grand coup de flux nous fait presque toucher. Mais, prenant à deux mains notre plus longue gaffe[1], je pousse à éviter, et j'excite mes gens, en leur donnant les ordres.

De la tête, c'est moi qui leur rythme l'allure ; ils piquent de l'avant et tirent sur la rame. Nous voici revenus en mer, deux fois plus loin ; je hèle le Cyclope ; mes gens autour de moi, de leurs mots les plus doux, à l'envi me retiennent :

LE CHŒUR. – Tu vas exaspérer, malheureux, ce sauvage ! Il vient de nous jeter un si gros projectile qu'il nous a ramené le croiseur[2] à la côte ; il a failli nous perdre. Si tes cris ou ta voix lui parviennent encor, c'est nos têtes, à nous, et les bois du vaisseau, qu'il va mettre en bouillie, sous le bloc anguleux que son bras peut lancer : il porte jusqu'ici !

Ils parlaient, sans fléchir l'audace de mon cœur. Je reprends et lui crie de toute ma rancune :

ULYSSE. – Cyclope, auprès de toi, si quelqu'un des mortels vient savoir le malheur qui t'a privé de l'œil, dis-lui qui t'aveugla : c'est le fils de Laërte, oui ! le pilleur de Troie, l'homme d'Ithaque, Ulysse. [...]

Je disais ; mais déjà, il faisait sa prière à son roi Posidon, en tendant les deux mains vers les astres du ciel :

POLYPHÈME. – Ô maître de la terre, ô dieu coiffé d'azur, ô Posidon, écoute ! S'il est vrai que je suis ton fils, si tu prétends à ce titre de père, fais pour moi que jamais il ne rentre au logis, ce pilleur d'Ilion[3], cet Ulysse ! ou du moins, si le sort lui permet de retrouver les siens et sa haute maison, au pays de ses pères, fais qu'après de longs maux, sur un vaisseau d'emprunt, il n'y rentre, privé de tous ses compagnons, que pour trouver encor le malheur au logis !

À peine il avait dit : le dieu coiffé d'azur exauçait sa prière.

Extraits du chant IX, p. 193 à 208.

1. Perche munie d'un croc. | 2. Navire. | 3. Autre nom de Troie.

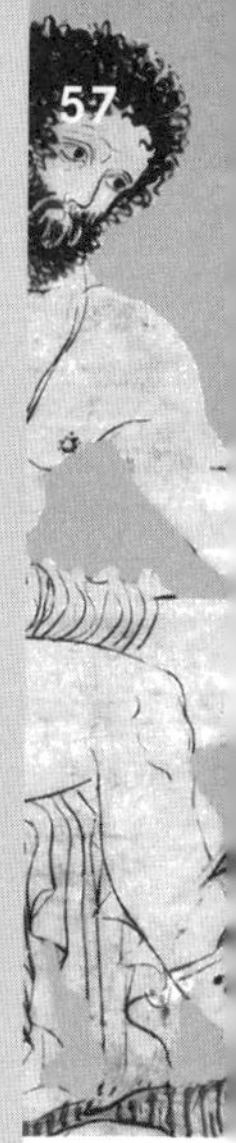

Repérer et analyser

La progression du récit

1 Quels sont les principales actions qui s'enchaînent ici ?

Les personnages et leurs relations

2 Relevez les mots ou expressions par lesquels Ulysse montre qu'il a l'avantage sur le Cyclope (l. 1 à 8).

3 « Paroles railleuses » (l. 55) ; « je hèle le Cyclope » (l. 71) : donnez un synonyme de « railleuses » et de « héler ». Sur quel ton Ulysse s'adresse-t-il au Cyclope ?

4 Par quelles expressions Polyphème nomme-t-il Ulysse (l. 34 à 42 et 87 à 94) ? Comment Ulysse se désigne-t-il lui-même (l. 81 à 84) ?

5 Relisez les lignes 29 à 42 : quels mots et expressions Polyphème utilise-t-il pour parler à son bélier ? Lesquels utilise-t-il pour évoquer Ulysse ? En quoi ce double discours accentue-t-il sa monstruosité ?

6 La lutte qui oppose Ulysse et le Cyclope fait-elle intervenir uniquement la force ? Qu'est-ce qui fait l'avantage d'Ulysse sur le Cyclope ?

7 Pourquoi la colère de Polyphème contre Ulysse redouble-t-elle (l. 62) ? Par quels actes cette colère se manifeste-t-elle ?

8 De quels personnages le Chœur est-il constitué (l. 73) ? Justifiez.

Le récit épique

9 Relevez la formule caractérisant l'Aurore. Quels termes évoquent la naissance, la lumière du petit matin ?

10 Qui est Posidon ? Quelle prière Polyphème adresse-t-il à Posidon (l. 87 à 94) ? Quelles en seront les conséquences pour Ulysse ?

11 Relevez les épithètes homériques qui caractérisent Posidon.

La visée

12 En quoi cet épisode explique-t-il toutes les mésaventures qui surviendront à Ulysse ?

Texte 6

La magicienne Circé

Ulysse passe un mois chez Éole, dieu des vents; mais la conduite imprudente de ses compagnons le brouille avec le dieu. Ils reprennent la mer.

Six jours plus tard, la flotte aborde chez les Lestrygons, géants anthropophages, qui brisent les vaisseaux et dévorent tous les matelots. Cependant Ulysse et son équipage ont pu sauver leur embarcation et quittent le rivage.

[Métamorphose]

Nous reprenons la mer, l'âme navrée, contents d'échapper à la mort, mais pleurant les amis. Nous gagnons Aiaié, une île qu'a choisie pour demeure Circé, la terrible déesse douée de voix humaine, Circé aux belles boucles [...].

Nous arrivons au cap, et, sans bruit, nous poussons jusqu'au fond du mouillage: un dieu nous pilotait; sans tarder, l'on débarque et, deux jours et deux nuits, nous restons étendus, accablés de fatigue et rongés de chagrin. [...]

Dans son berceau de brume, aussitôt qu'apparaît l'Aurore aux doigts de roses, j'appelle tout le monde à l'assemblée [...].

Lorsque j'ai fait l'appel, je partage en deux camps tous mes hommes guêtrés[1]; chaque bande a son chef: c'est moi-même pour l'une et, pour l'autre, Euryloque[2] au visage de dieu. Nous secouons les sorts[3] dans un bonnet de bronze: il en saute celui d'Euryloque au grand cœur, qui se met en chemin avec ses vingt-deux hommes; les partants, les restants, tout le monde pleurait.

1. Protégés par des bandes de tissu ou de cuir sur le bas des jambes.
2. Un des compagnons d'Ulysse; Euryloque est le mari de la sœur d'Ulysse.
3. Nous faisons un tirage au sort.

Ils trouvent dans un val, en un lieu découvert, la maison de Circé aux murs de pierres lisses et, tout autour, changés en lions et en loups de montagne, les hommes qu'en leur donnant sa drogue, avait ensorcelés la perfide déesse. À la vue de mes gens, loin de les assaillir, ces animaux se lèvent et, de leurs longues queues en orbes[4], les caressent… Tel le maître, en rentrant du festin, voit venir ses chiens qui le caressent, sachant qu'il a toujours pour eux quelque douceur. C'est ainsi que lions et loups aux fortes griffes fêtaient mes compagnons, qui tremblaient à la vue de ces monstres terribles. Mais les voici debout, sous le porche de la déesse aux belles boucles. Ils entendent Circé chanter à belle voix et tisser au métier une toile divine, un de ces éclatants et grands et fins ouvrages, dont la grâce trahit la main d'une déesse.

Le meneur des guerriers, Politès, le premier, prend la parole et dit, – c'était, de tous mes gens, celui que son bon sens me faisait préférer :

POLITÈS. – Mes amis, écoutez ce chant d'une voix fraîche ! on tisse là-dedans, devant un grand métier : tout le sol retentit : femme ou déesse ?… allons ! crions sans plus tarder !

Il dit : tous, de crier aussitôt leur appel.

Elle accourt, elle sort, ouvre sa porte reluisante et les invite ; et voilà tous mes fous ensemble qui la suivent !… Flairant le piège, seul, Euryloque est resté… Elle les fait entrer ; elle les fait asseoir aux sièges et fauteuils ; puis, leur ayant battu dans son vin de Pramnos du fromage, de la farine et du miel vert, elle ajoute au mélange une drogue funeste, pour leur ôter tout souvenir de la patrie. Elle apporte la coupe ; ils boivent d'un seul trait. De sa baguette, alors, la déesse les frappe et va les enfermer sous les tects[5] de ses porcs. Ils en avaient la tête et la voix et les soies[6] ; ils en avaient l'allure ; mais en eux, persistait

| **4.** Cercles. | **5.** Abris. | **6.** Poils longs et rudes.

leur esprit d'autrefois. Les voilà enfermés. Ils pleuraient et Circé leur jetait à manger faînes[7], glands et cornouilles[8], la pâture ordinaire aux cochons qui se vautrent.

Or, vers le noir croiseur[9], Euryloque rentré voulait nous raconter le triste sort des autres. Mais il ne pouvait plus, quel qu'en fût son désir, proférer un seul mot: son âme était navrée[10] d'un trop rude chagrin; ses yeux se remplissaient de larmes, et son cœur débordait de sanglots. Étonnés, nous tâchions de savoir, mais en vain…

Euryloque raconte enfin la perte de ses gens. Effrayé, il propose à Ulysse de fuir, mais celui-ci refuse et part au secours de ses compagnons.

[L'intervention d'Hermès]

Et je quitte […] le navire et la mer.

Je venais de passer par le vallon sacré et j'allais arriver à la grande demeure de Circé la drogueuse, quand, près de la maison, j'ai devant moi Hermès à la baguette d'or. Il avait pris les traits d'un de ces jeunes gens dont la grâce fleurit en la première barbe.

Il me saisit la main, me dit et me déclare:

HERMÈS. – Où vas-tu, malheureux, au long de ces coteaux ?… tout seul, et dans ces lieux que tu ne connais pas ?… chez Circé, où tes gens transformés en pourceaux sont maintenant captifs au fond des soues[11] bien closes ?… Tu viens les délivrer ?… Tu n'en reviendras pas, crois-moi: tu resteras à partager leur sort… Mais je veux te tirer du péril, te sauver. Tiens ! c'est l'herbe de vie ! avec elle, tu peux entrer en ce manoir, car sa vertu t'évitera le mauvais jour. Et je vais t'expliquer les desseins

7. Fruits du hêtre.
8. Fruits du cornouiller.
9. Navire.
10. Blessée, attristée.
11. Étables.

Ulysse et Circé (vases).

de Circé et tous ses maléfices. Ayant fait son mélange, elle aura beau jeter sa drogue dans ta coupe : le charme en tombera devant l'herbe de vie que je vais te donner [...].

Puis Hermès, regagnant les sommets de l'Olympe, disparut dans les bois. Au manoir de Circé, j'entrais : que de pensées bouillonnaient dans mon cœur !

Sous le porche de la déesse aux belles boucles, je m'arrête et je crie ; la déesse m'entend. Elle accourt à ma voix. Elle sort et, m'ouvrant sa porte reluisante, elle m'invite, et moi, je la suis en dépit du chagrin de mon cœur. Elle m'installe en un fauteuil aux clous d'argent et, dans la coupe d'or dont je vais me servir, elle fait son mélange : elle y verse la drogue, ah ! l'âme de traîtresse !... Elle me tend la coupe : d'un seul trait, je bois tout...

Le charme est sans effet, même après que, m'ayant frappé de sa baguette, elle dit et déclare :

CIRCÉ. – Maintenant, viens aux tects coucher près de tes gens !

Elle disait ; mais moi, j'ai, du long de ma cuisse, tiré mon glaive à pointe ; je lui saute dessus, fais mine de l'occire[12]. Elle pousse un grand cri, s'effondre à mes genoux, les prend, me prie, me dit ces paroles ailées :

CIRCÉ. – Quel est ton nom, ton peuple, et ta ville et ta race ?… Quel grand miracle ! quoi ! sans être ensorcelé, tu m'as bu cette drogue !… Jamais, au grand jamais, je n'avais vu mortel résister à ce charme, dès qu'il en avait bu, dès que cette liqueur avait franchi ses dents : il faut qu'habite en toi un esprit invincible. C'est donc toi qui serais l'Ulysse aux mille tours ?…

Ulysse oblige alors Circé à prêter serment de ne pas lui tendre un nouveau piège ; elle consent à redonner aux compagnons d'Ulysse leur forme première.

[…] Circé, sa baguette à la main, traverse la grand-salle et va ouvrir les tects. Elle en tire mes gens : sous leur graisse, on eût dit des porcs de neuf printemps… Ils se dressent debout, lui présentent la face ; elle passe en leurs rangs et les frotte, chacun, d'une drogue nouvelle : je vois se détacher, de leurs membres, les soies qui les avaient couverts, sitôt pris le poison de l'auguste déesse. De nouveau, les voilà redevenus des hommes, mais plus jeunes, plus beaux et de plus grande mine. Quand ils m'ont reconnu, chacun me prend la main, et le même besoin de sanglots les saisit : le logis se remplit d'un terrible tapage ! La déesse, elle aussi, est prise de pitié.

Extraits du chant X, p. 214 à 223.

Ulysse et ses compagnons passent une année entière à banqueter chez Circé. Grâce aux sortilèges indiqués par la magicienne, Ulysse descend aux Enfers, où il s'entretient avec « l'ombre » (l'âme) de plusieurs morts illustres.

12. La tuer.

Questions

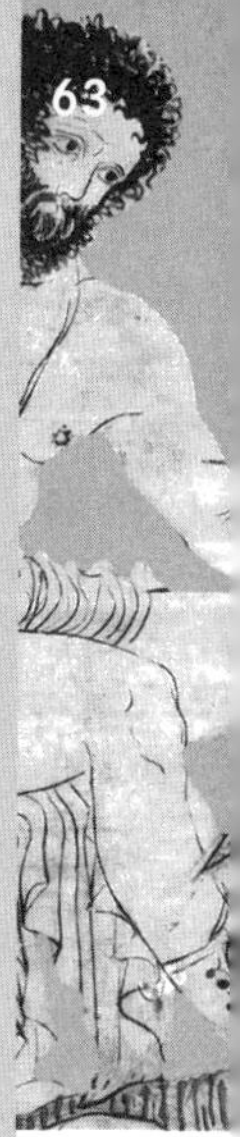

Repérer et analyser

Le narrateur et la progression du récit

1 Rappelez le statut du narrateur : qui raconte ?

2 **a.** Dans quel lieu Ulysse et ses compagnons arrivent-ils ?
b. Quelles nouvelles aventures vivent-ils dans cet épisode ? Résumez-les en quelques phrases.

Le cadre et les personnages

Circé et sa demeure

3 Qui est Circé ? Quelle image est-elle donnée de Circé ? Pour répondre :
a. Relevez les épithètes homériques qui la caractérisent (l. 3, 4, 21, 28).
b. Relevez le terme qui la désigne ligne 85.
c. Relevez le champ lexical de la magie. Quels sont les pouvoirs de Circé ?
d. Dites de quels êtres Circé est entourée. Quel aspect ont-ils ? Leur comportement correspond-il à leur nature ?

4 Relevez les termes qui caractérisent la demeure de Circé (l. 18 à 21, l. 39 à 45). Quelle image est-elle donnée de cette demeure ?

Ulysse et ses compagnons

5 Relevez les autres personnages (dieux, humains ou animaux) qui apparaissent dans cet épisode.

6 Les pronoms de reprise

> Pour désigner un personnage, un animal, une chose dont il vient de parler, le narrateur peut utiliser un pronom personnel (appelé pronom de reprise car il reprend un terme).

Qui est désigné par les pronoms « il » et « ils » aux lignes 45 à 57 ?

7 **a.** Ulysse réussit-il à déjouer le plan de Circé ? De quelle façon ?
b. De quelle qualité fait-il preuve ?

Le récit épique

Le merveilleux

Les récits épiques comportent souvent des éléments merveilleux. On appelle *merveilleux* l'intrusion d'éléments que l'on ne peut expliquer de façon naturelle.

8 Cherchez dans votre dictionnaire le sens du mot « métamorphose ».

9 En quels animaux Circé transforme-t-elle les hommes ?

10 Quelles sont les deux métamorphoses que subissent les compagnons d'Ulysse ? Quel compagnon échappe à la métamorphose ?

S'exprimer

11 En quel animal aimeriez-vous être métamorphosé ? Expliquez pourquoi en une quinzaine de lignes.

Étudier la langue

Les procédés de mise en valeur : la phrase emphatique

On appelle phrase emphatique une phrase dans laquelle un mot ou groupe de mots est mis en valeur. La mise en valeur peut s'effectuer par le procédé de déplacement : ce procédé consiste à transférer un élément de la phrase à un endroit qui ne lui est pas habituel. Les éléments déplacés sont mis en valeur.

12 Relisez les lignes 18 à 21. Quels sont les deux compléments d'objet premier (ou objet direct) du verbe « ils trouvent » (l. 18) ? Quel est le sujet du verbe « avait ensorcelés » (l. 21) ? Récrivez la fin de la phrase (à partir de « les hommes ») en supprimant les inversions. Quels sont les mots ou expressions mis en valeur ?

Les suffixes

On appelle suffixe un élément qui est placé à droite d'un radical.

13 Quel est le suffixe du mot « traîtresse » (l. 85) ? Quelle est la valeur de ce suffixe ? Trouvez d'autres mots formés de la même façon.

Texte 7

Les Sirènes - Charybde et Skylla - Les vaches du Soleil

Au moment où Ulysse va reprendre la mer, Circé le met au courant des dangers qui le menacent et lui donne de bons conseils pour y échapper. Ulysse, suivant en tout point les recommandations de la déesse, affronte d'abord les Sirènes, dont la voix charme les matelots qui passent, et cause leur mort en les attirant sur des récifs où ils font naufrage.

[Les Sirènes]

On s'embarque à la hâte […], je fais part à mes gens des soucis de mon cœur :

ULYSSE. – Amis, je ne veux pas qu'un ou deux seulement connaissent les arrêts[1] que m'a transmis Circé, cette toute divine. Non !… Je veux tout vous dire, pour que, bien avertis, nous allions à la mort ou tâchions d'éviter la Parque[2] et le trépas[3]. Donc, son premier conseil est de fuir les Sirènes, leur voix ensorcelante et leur prairie en fleurs ; seul, je puis les entendre ; mais il faut que, chargé de robustes liens, je demeure immobile, debout sur l'emplanture[4], serré contre le mât, et si je vous priais, si je vous commandais de desserrer les nœuds, donnez un tour de plus !

Je dis et j'achevais de prévenir mes gens, tandis qu'en pleine course, le solide navire que poussait le bon vent s'approchait des Sirènes. Soudain, la brise tombe ; un calme sans haleine s'établit sur les flots qu'un dieu vient endormir. Mes gens

1. Avis.
2. Déesse de la mort.
3. La mort.
4. Pièce de bois sur laquelle repose le pied du mât.

se sont levés ; dans le creux du navire, ils amènent la voile et, s'asseyant aux rames, ils font blanchir le flot sous la pale[5] en sapin.

Alors, de mon poignard en bronze, je divise un grand gâteau de cire ; à pleines mains, j'écrase et pétris les morceaux. La cire est bientôt molle entre mes doigts puissants. De banc en banc, je vais leur boucher les oreilles ; dans le navire alors, ils me lient bras et jambes et me fixent au mât, debout sur l'emplanture, puis chacun en sa place, la rame bat le flot qui blanchit sous les coups.

Nous passons en vitesse. Mais les Sirènes voient ce rapide navire qui bondit tout près d'elles. Soudain, leurs fraîches voix entonnent un cantique :

Le Chœur. – Viens ici ! viens à nous ! Ulysse tant vanté ! l'honneur de l'Achaïe[6] !… Arrête ton croiseur : viens écouter nos voix ! Jamais un noir vaisseau n'a doublé notre cap, sans ouïr les doux airs qui sortent de nos lèvres ; puis on s'en va content et plus riche en savoir, car nous savons les maux, tous les maux que les dieux, dans les champs de Troade[7], ont infligés aux gens et d'Argos[8] et de Troie, et nous savons aussi tout ce que voit passer la terre nourricière.

Elles chantaient ainsi et leurs voix admirables me remplissaient le cœur du désir d'écouter. Je fronçais les sourcils pour donner à mes gens l'ordre de me défaire. Mais, tandis que, courbés sur la rame, ils tiraient, Euryloque venait, aidé de Périmède, resserrer mes liens et mettre un tour de plus.

Nous passons et, bientôt, l'on n'entend plus les cris ni les chants des Sirènes. Mes braves gens alors se hâtent d'enlever la cire que j'avais pétrie dans leurs oreilles, puis de me détacher.

5. La rame.
6. La Grèce.
7. La région de Troie où Ulysse faisait la guerre.
8. Ville puissante de Grèce.

Puis on aborde la passe entre Charybde, un gouffre redoutable aux navires, et Skylla, divinité monstrueuse qui gîte au creux d'une caverne d'où elle projette ses six cous d'une longueur singulière, terminés par six têtes à trois rangées de dents, avec lesquelles elle dévore les êtres vivants qui passent à sa portée.

[Charybde et Skylla]

Je vais me poster au gaillard de l'avant[9] ; j'espérais découvrir cette Skylla de pierre, avant qu'elle causât le malheur de mes gens… Mais je cherchais sans voir et mes yeux se lassaient à fouiller les recoins de la roche embrumée…

Nous entrons dans la passe et voguons angoissés. Nous avons d'un côté la divine Charybde et, de l'autre, Skylla. Quand Charybde vomit, toute la mer bouillonne et retentit comme un bassin sur un grand feu : l'écume en rejaillit jusqu'au haut des Écueils et les couvre tous deux. Quand Charybde engloutit à nouveau l'onde amère, on la voit, dans son trou, bouillonner tout entière ; le rocher du pourtour mugit terriblement ; tout en bas, apparaît un fond de sables bleus… Ah ! la terreur qui prit et fit verdir mes gens !

Mais, tandis que nos yeux regardaient vers Charybde d'où nous craignions la mort, Skylla nous enlevait dans le creux du navire six compagnons, les meilleurs bras et les plus forts : me retournant pour voir le croiseur et mes gens, je n'aperçois les autres qu'emportés en plein ciel, pieds et mains battant l'air, et criant, m'appelant ! et répétant mon nom, pour la dernière fois : quel effroi dans leur cœur ! Sur un cap avancé, quand, au bout de sa gaule, le pêcheur a lancé vers les petits poissons l'appât trompeur et la corne du bœuf champêtre, on le voit brusquement rejeter hors de l'eau sa prise frétillante.

9. Partie du pont située à l'avant du bateau.

Ils frétillaient ainsi, hissés contre les pierres, et Skylla, sur le seuil de l'antre, les mangeait. Ils m'appelaient encore ; ils me tendaient les mains en cette lutte atroce !...

Non ! jamais, de mes yeux, je ne vis telle horreur, à travers tous les maux que m'a valus sur mer la recherche des passes ! Nous doublons les Écueils, la terrible Charybde aussi bien que Skylla.

Circé avait recommandé à Ulysse d'éviter l'île du Trident, où réside le dieu Soleil avec ses troupeaux de vaches et de brebis. Mais Ulysse cède aux prières de ses compagnons, qui veulent débarquer pour se reposer ; il leur recommande cependant de ne pas tuer les troupeaux.

Or des vents contraires bloquent le vaisseau pendant un mois dans le port, et les vivres finissent par s'épuiser. Les matelots profitent alors du sommeil d'Ulysse pour tuer les vaches.

Le Soleil supplie Zeus de punir les coupables.

Les vaches du Soleil

J'étais redescendu au navire, à la mer. J'allais de l'un à l'autre et je les querellais. Hélas ! nous ne pouvions découvrir de remède : les vaches n'étaient plus, et voici que les dieux nous envoyaient leurs signes : les dépouilles marchaient ; les chairs cuites et crues meuglaient autour des broches ; on aurait dit la voix des bêtes elles-mêmes.

Durant six jours entiers, mes braves compagnons ont de quoi banqueter : ils avaient au Soleil pris ses plus belles vaches. Mais lorsque Zeus, le fils de Cronos, nous envoie la septième journée, le Notos qui soufflait en tempête s'apaise : on s'embarque à la hâte, on replante le mât, on tend les voiles blanches, on pousse vers le large. Mais notre course est brève. En hurlant, nous arrive un furieux Zéphyr qui souffle en ouragan ; la rafale, rompant d'un coup les deux étais[10], nous renverse le mât et fait pleuvoir tous les agrès[11] à fond de cale ; le mât, en s'abattant sur le gaillard de poupe[12], frappe au front le pilote et lui brise le crâne. Zeus tonne en même temps et foudroie le vaisseau. Mes gens sont emportés par les vagues ; ils flottent, autour du noir croiseur, pareils à des corneilles ; le dieu leur refusait la journée du retour.

Moi, je courais d'un bout à l'autre du navire, quand un paquet de mer disloque la membrure[13] ; la quille[14] se détache et la vague l'emporte. Mais le mât arraché flottait contre la quille, et l'un des contre-étais y restait attaché : c'était un cuir de bœuf[15] ; je m'en sers pour lier ensemble mât et quille, et sur eux je m'assieds : les vents de mort m'emportent.

Extraits du chant XII, p. 255 à 265.

Au bout de neuf jours, poussé par les flots, Ulysse est jeté sur l'île océane où vit la nymphe Calypso. Ainsi se termine le récit du héros chez Alkinoos.

10. Cordages qui maintiennent le mât à la verticale.
11. Voiles, cordages, mâts, etc., d'un navire.
12. Arrière du navire.
13. Ensemble des poutres soutenant le pont.
14. Pièce placée sous la coque du navire et qui forme l'axe de la charpente.
15. Cordage en cuir de bœuf.

Questions

Repérer et analyser

La situation d'énonciation

1 Qui les pronoms « je », « on » (l. 1) et « nous » (l. 6) désignent-ils ?

La progression du récit

L'enchaînement des actions

Les connecteurs temporels sont des termes qui s'emploient pour marquer une succession chronologique et qui permettent d'organiser le texte. On distingue les conjonctions de coordination et/ou de subordination (quand, lorsque…), les adverbes (puis, ensuite)…

2 Quelles sont les principales actions qui s'enchaînent ? Relevez les connecteurs qui indiquent la succession des actions.

Les Sirènes (l. 1 à 46)

3 **a.** Qui sont les Sirènes ? Quel est leur pouvoir ? Relevez les termes mélioratifs qui caractérisent leur voix.

b. Quels personnages composent le Chœur (l. 30) ?

c. Quel péril menace Ulysse et ses compagnons lorsqu'ils passent devant les Sirènes ? Comment Ulysse protège-t-il ses hommes ?

d. Comment les Sirènes nomment-elles Ulysse ? Quels arguments utilisent-elles pour le fléchir ?

Charybde et Skylla (l. 47 à 76)

4 **a.** Qui sont Charybde et Skylla ? Qu'arrive-t-il aux compagnons d'Ulysse ?

b. Quelles réflexions se fait Ulysse après l'épisode de Charybde et Skylla ?

Les vaches du Soleil

5 Pourquoi le Soleil est-il en colère contre les compagnons d'Ulysse ? Comment se venge-t-il ?

Le récit épique

L'*Odyssée* est un récit d'aventures sur mer qui a pour cadre la Méditerranée. Ces aventures sont une représentation merveilleuse et poétique des dangers qu'encouraient les marins grecs sur la mer.

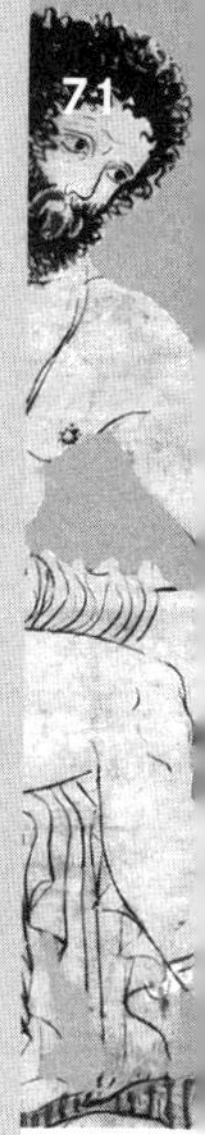

6 Relevez les termes qui caractérisent l'état de la mer (l. 13 à 19, 51 à 59), le champ lexical de l'effroi (l. 51 à 66), puis, dans les lignes 87 à 102, relevez les mots et expressions qui expriment la violence des vents et ses effets sur le navire.

7 Relevez et analysez la comparaison des lignes 66 à 72 : à quoi les victimes de Skylla sont-elles comparées ? Quel est l'effet produit par cette comparaison ?

8 De quelles qualités Ulysse fait-il preuve sur la mer ?

S'exprimer

9 Imaginez un paragraphe dans lequel Ulysse affrontera un danger. Vous utiliserez des connecteurs temporels (voir la leçon, p. 70).

Se documenter

Les Sirènes

Les Sirènes grecques sont des monstres à tête de femme et corps d'oiseau. (Il est même possible que ce soit aux Sirènes que le serin ait emprunté son nom.) C'est par une confusion avec une autre mythologie qu'on les représente très fréquemment avec un buste de femme et une queue de poisson.

10 Quel rapport y a-t-il entre ces monstres de l'*Odyssée* et une sirène d'usine ? Comment comprenez-vous cette phrase de Guillaume Apollinaire : « Elle se mettait au piano et chantait qu'on eût dit d'une sirène » ?

Charybde et Skylla

« Charybde, fille de Poséidon, avait volé des bœufs à Héraclès. Elle fut foudroyée par Zeus et transformée en un gouffre dangereux, qui engloutit les flots et les rejette trois fois par jour, face à l'antre de Skylla.

Quant à Skylla, nymphe d'une grande beauté, elle inspira un fol amour à Glaucos, devenu un dieu marin pour avoir mangé une

herbe trouvée dans son filet de pêcheur. Mais la nymphe, effrayée par sa laideur, le repoussa. Glaucos demanda alors à Circé la magicienne de faire naître l'amour dans le cœur de la belle Skylla. Or, Circé était tombée amoureuse du dieu marin ; loin d'exaucer les désirs de celui-ci, elle transforma sa rivale en un monstre affreux, qui portait autour de ses flancs une ceinture de chiens féroces et de serpents.
Homère en fait une description terrifiante : "Elle a douze pieds, tous difformes, et six cous, d'une longueur singulière, et sur chacun une tête effroyable à trois rangées de dents, serrées, multiples, pleines des ténèbres de la mort." Enracinée sur un rocher, Skylla "la terrible aboyeuse" happe tout ce qui passe à sa portée. [...] Charybde et Skylla sont localisées dans le détroit de Messine, que de terribles courants rendent dangereux à traverser. »

R. Grimaud, *Les Colonnes d'Hercule*, Éd. Hatier.

Le combat d'Ulysse contre Charybde et Skylla est à l'origine de l'expression « tomber de Charybde en Skylla », ce qui signifie : échapper à un danger, à un mal, pour en subir un pire encore.

Texte 8

Ulysse retrouve Télémaque

Ulysse a terminé son récit, Alkinoos le fait reconduire à Ithaque à bord d'un navire. Là, Athéna transforme le héros en vieux mendiant et lui conseille de se renseigner sur la situation dans son manoir auprès de son fidèle porcher, Eumée. Puis, Athéna part chercher à Lacédémone le fils d'Ulysse, Télémaque.

Sans reconnaître Ulysse, Eumée lui offre l'hospitalité et lui raconte ce qui se passe dans son manoir où Pénélope est toujours aux prises avec les prétendants[1].

Télémaque arrive à son tour chez Eumée et celui-ci va informer sa mère, Pénélope, de son retour. Ulysse et Télémaque restent seuls, mais le fils ne sait pas encore qu'il est devant son père.

À peine le porcher eut quitté la cabane qu'Athéna, qui l'avait guetté, se présenta. Elle avait pris ses traits de grande et belle femme, artiste en beaux ouvrages. En face de la porte, debout, elle apparut, mais aux seuls yeux d'Ulysse : Télémaque l'avait devant lui sans la voir. Comme Ulysse, les chiens avaient vu la déesse : sans japper, mais grognant, ils s'enfuirent de peur dans un coin de la loge. La déesse avait fait un signe des sourcils. Ulysse, ayant compris, sortit devant la cour. La déesse lui dit :

ATHÉNA. – Fils de Laërte, écoute ! ô rejeton des dieux, Ulysse aux mille ruses ! il est temps de parler : ton fils doit tout savoir ; il vous faut combiner la mort des prétendants et prendre le chemin de ta fameuse ville ; vous m'aurez avec vous ; je serai là, tout près, ne rêvant que bataille.

1. Nobles qui souhaitent épouser Pénélope, la femme d'Ulysse.

Télémaque
(vase, Ve siècle av. J.-C.).

À ces mots, le touchant de sa baguette d'or, Athéna lui remit d'abord sur la poitrine sa robe et son écharpe tout fraîchement lavée, puis lui rendit sa belle allure et sa jeunesse : sa peau redevint brune, et ses joues bien remplies ; sa barbe aux bleus reflets lui revint au menton ; le miracle achevé, Athéna disparut.

Quand Ulysse rentra dans la loge, son fils, plein de trouble et d'effroi, détourna les regards, craignant de voir un dieu, puis, élevant la voix, lui dit ces mots ailés :

TÉLÉMAQUE. – Quel changement, mon hôte !... à l'instant, je t'ai vu sous d'autres vêtements ! et sous une autre peau ! Serais-tu l'un des dieux, maîtres des champs du ciel ?... Du moins, sois-nous propice[2] ; prends en grâce les dons, victime ou vases d'or, que nous voulons t'offrir, et laisse-nous la vie !

Le héros d'endurance, Ulysse le divin, lui fit cette réponse :

ULYSSE. – Je ne suis pas un dieu ! pourquoi me comparer à l'un des Immortels ?... crois-moi : je suis ton père, celui qui t'a

2. Favorable.

coûté tant de pleurs et d'angoisses et pour qui tu subis les assauts de ces gens !

Il disait et baisait son fils et, de ses joues, tombaient au sol les larmes qu'il avait bravement contenues jusque-là. Mais sans admettre encor que ce fût bien son père, Télémaque à nouveau lui disait en réponse :

TÉLÉMAQUE. – Non, tu n'es pas mon père Ulysse ! un dieu m'abuse, afin de redoubler mes pleurs et mes sanglots. Car un simple mortel ne peut trouver en soi le moyen d'opérer de pareils changements : il faut qu'un dieu l'assiste et le fasse, à son gré, ou jeune homme ou vieillard... Tu n'étais à l'instant qu'un vieux, couvert de loques : voici que tu parais semblable à l'un des dieux, maîtres des champs du ciel !

Ulysse l'avisé lui fit cette réponse :

ULYSSE. – La rentrée de ton père au logis, Télémaque, ne doit pas exciter ta surprise et ta crainte. Ici tu ne verras jamais un autre Ulysse : c'est moi qui suis ton père ! Après tant de malheurs, après tant d'aventures, si, la vingtième année, je reviens au pays, c'est l'œuvre d'Athéna qui donne le butin. Oui ! c'est elle qui peut, – et vouloir lui suffit, – me montrer tour à tour sous les traits d'un vieux pauvre et sous les beaux habits d'un homme jeune encore : il est facile aux dieux, maîtres des champs du ciel, de couvrir un mortel ou d'éclat ou d'opprobre[3] !

À ces mots, il reprit sa place et Télémaque, tenant son noble père embrassé, gémissait et répandait des larmes !... Il leur prit à tous deux un besoin de sanglots. Ils pleuraient et leurs cris étaient plus déchirants que celui des orfraies, des vautours bien en griffes, auxquels des paysans ont ravi leurs petits avant le premier vol... C'était même pitié que leurs yeux pleins de larmes !

Extrait du chant XVI, p. 324 à 326.

3. Honte.

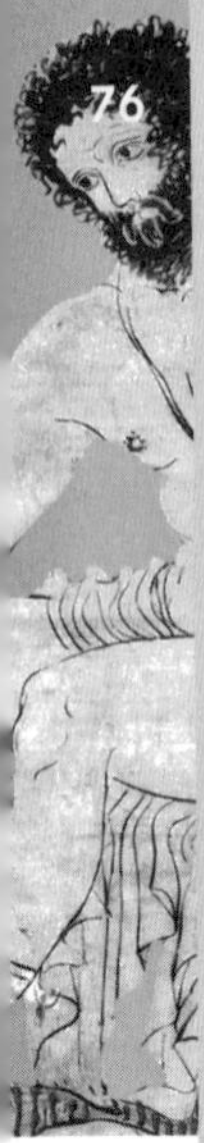

Questions

Repérer et analyser

Le narrateur et la progression du récit

1 Le narrateur est-il le même que pour l'extrait précédent ?

2 Quelles sont les principales actions qui s'enchaînent ?

Les relations entre les personnages

3 **a.** Pourquoi Télémaque ne croit-il pas que le personnage est son père (l. 37 à 43) ? Sur quelle opposition son raisonnement est-il construit ?
b. Quelle ponctuation, quels types de phrases, quels temps, quelles constructions, marquent l'étonnement de Télémaque (l. 37 à 43) ?

4 Pourquoi Ulysse pleure-t-il ? à quel moment ?

5 **a.** Comment se manifeste l'émotion d'Ulysse et de Télémaque ? Citez le texte à l'appui de votre réponse. Appuyez-vous sur un champ lexical lignes 54 à 60.
b. Analysez la comparaison des lignes 54 à 60 qui caractérise l'émotion du personnage.

6 Relevez les expressions par lesquelles Athéna désigne et caractérise Ulysse (l. 10 à 14).

7 Relevez les expressions qui caractérisent la déesse Athéna (l. 1 à 9). Quelle image est-elle donnée d'elle ?

8 **a.** Quel est le plan d'Athéna pour aider Ulysse ?
b. Quelle transformation subit Ulysse ?

Le récit épique

L'intervention des dieux

9 Ulysse est plein de reconnaissance envers Athéna. Citez les phrases qui le montrent. Quel pouvoir des dieux Ulysse vénère-t-il ?

Débattre

10 Êtes-vous surpris de voir un héros pleurer ? Pensez-vous que l'on puisse pleurer tout en étant courageux ?

Texte 9

Ulysse revient dans son manoir

Ulysse et son fils Télémaque imaginent un plan pour chasser les prétendants[1]. Puis, ayant repris l'apparence d'un vieux mendiant, le héros se fait conduire par Eumée jusqu'à son manoir.

[Le chien Argos]

Un chien couché leva la tête et les oreilles ; c'était Argos, le chien que le vaillant Ulysse achevait d'élever, quand il fallut partir vers la sainte Ilion[2], sans en avoir joui. Avec les jeunes gens, Argos avait vécu, courant le cerf, le lièvre et les chèvres sauvages. Négligé maintenant, en l'absence du maître, il gisait, étendu au-devant du portail, sur le tas de fumier[3] des mulets et des bœufs où les servants d'Ulysse venaient prendre de quoi fumer[4] le grand domaine ; c'est là qu'Argos était couché, couvert de poux. Il reconnut Ulysse en l'homme qui venait et, remuant la queue, coucha les deux oreilles : la force lui manqua pour s'approcher du maître.

Ulysse l'avait vu : il détourna la tête en essuyant un pleur, et, pour mieux se cacher d'Eumée, qui ne vit rien, il se hâta de dire :

ULYSSE. – Eumée !... l'étrange chien couché sur ce fumier ! il est de belle race ; mais on ne peut plus voir si sa vitesse à courre[5] égalait sa beauté ; peut-être n'était-il qu'un de ces chiens de table, auxquels les soins des rois ne vont que pour la montre[6].

Mais toi, porcher Eumée, tu lui dis en réponse :

1. Voir la note 1, p. 73.
2. Autre nom de Troie.
3. Mélange de paille et de déjections d'animaux.
4. Répandre le fumier dans les champs pour les fertiliser.
5. Terme de chasse. « À courre » : à la poursuite de bêtes sauvages.
6. L'exhibition, l'apparence.

EUMÉE. – C'est le chien de ce maître qui mourut loin de nous : si tu pouvais le voir encore actif et beau, tel qu'Ulysse, en partant pour Troie, nous le laissa ! tu vanterais bientôt sa vitesse et sa force ! Au plus profond des bois, dès qu'il voyait les fauves, pas un ne réchappait ! pas de meilleur limier[7] ! Mais le voilà perclus[8] ! son maître a disparu loin du pays natal ; les femmes n'ont plus soin de lui ; on le néglige… Sitôt qu'ils ne sont plus sous la poigne[9] du maître, les serviteurs n'ont plus grand zèle à la besogne ; le Zeus à la grand-voix prive un homme de la moitié de sa valeur, lorsqu'il abat sur lui le joug[10] de l'esclavage.

À ces mots, il entra au grand corps du logis, et, droit à la grand-salle, il s'en fut retrouver les nobles prétendants. Mais Argos n'était plus : les ombres de la mort avaient couvert ses yeux qui venaient de revoir Ulysse après vingt ans.

Extrait du chant XVII, p. 344 à 346.

Toujours sous l'apparence d'un vieux mendiant, Ulysse fait la quête auprès des prétendants : Antinoos le frappe puis le pousse à se battre avec le mendiant Iros.

Pénélope demande à s'entretenir avec ce mendiant qui pourrait avoir des nouvelles d'Ulysse. Le mendiant (qui ne se fait pas reconnaître) annonce à Pénélope le retour prochain de son mari. En signe d'hospitalité, Pénélope demande à la vieille nourrice Euryclée de lui laver les pieds.

[La nourrice Euryclée]

Or, du plat de ses mains, la vieille, en le palpant, reconnut la blessure[11] et laissa retomber le pied dans le chaudron :

7. Chien de chasse utilisé pour suivre les bêtes sauvages.
8. Ne pouvant plus bouger.
9. Autorité.
10. Domination qui pèse sur l'esclave.
11. Blessure faite au pied d'Ulysse par la défense d'un sanglier qu'il poursuivait.

le bronze retentit ; le chaudron bascula ; l'eau s'enfuit sur le sol… L'angoisse et le bonheur s'emparaient de la vieille ; ses yeux se remplissaient de larmes et sa voix si claire défaillait. Enfin, prenant Ulysse au menton, elle dit :

EURYCLÉE. – Ulysse, c'est donc toi !… c'est toi, mon cher enfant !… Et moi qui ne l'ai pas aussitôt reconnu !… Il était devant moi ; je le palpais, ce maître !

Elle dit et tourna les yeux vers Pénélope, voulant la prévenir que l'époux était là… Pénélope ne put rencontrer ce regard : Athéna détournait son esprit et ses yeux.

Mais Ulysse, de sa main droite, avait saisi la nourrice à la gorge et, de son autre main, l'attirant jusqu'à lui :

ULYSSE. – Eh ! quoi, c'est toi, nourrice, dont le sein m'a nourri, c'est toi qui veux me perdre, lorsque après vingt années de maux de toutes sortes, je reviens au pays ?… Puisqu'en ton cœur, les dieux ont mis la vérité, tais-toi ! qu'en ce manoir, nul autre ne le sache ! […]

Il disait et la vieille, à travers la grand-salle, s'en fut chercher de l'eau, car tout son premier bain était là, répandu, puis, lui lavant les pieds, les oignit d'huile fine. Ulysse alors, tirant son siège auprès du feu, se mit à se chauffer ; ses loques maintenant recouvraient sa blessure.

Puis Pénélope fait part à son hôte (elle ne sait toujours pas qu'il s'agit d'Ulysse) de son embarras : doit-elle vraiment se remarier avec un des prétendants ?

[La décision de Pénélope]

C'est ainsi que mon cœur tiraillé se déchire : dois-je rester ici, auprès de mon enfant, tout garder en l'état, défendre mon avoir[12], mes femmes, ce manoir, aux grands toits, ne songer

12. Mes richesses.

qu'aux droits de mon époux, à l'estime du peuple ? ou dois-je faire un choix et suivre l'Achéen[13] dont les présents sans fin viendront, en ce manoir, faire le mieux sa cour ? Mon fils, tant qu'il était petit et sans calcul, m'empêchait de quitter, pour me remarier, ce toit de mon époux. Il est grand maintenant ; il entre à l'âge d'homme ; il désire ne plus me voir en ce manoir, où ses biens[14] dévorés par tous ces gens l'irritent. [...]

La voici, elle vient, l'aurore de malheur, où j'abandonnerai cette maison d'Ulysse : je vais leur proposer un jeu, celui des haches. Ulysse, en son manoir, alignait douze haches, comme étais de carène[15] ; puis, à bonne distance, il allait se poster pour envoyer sa flèche à travers tout le rang... C'est l'épreuve qu'aux prétendants je vais offrir : si l'un d'eux, sans effort, peut nous tendre cet arc et, dans les douze haches, envoyer une flèche, c'est lui que je suivrai, quittant cette maison, ce toit de ma jeunesse, si beau, si bien fourni, que je crois ne jamais oublier, – fût-ce en rêve.

Ulysse l'avisé lui fit cette réponse :

ULYSSE. – Digne épouse du fils de Laërte, d'Ulysse ! chez toi, sans plus tarder, ouvre-leur ce concours ! car tu verras rentrer Ulysse l'avisé avant que tous ces gens, maniant l'arc poli, aient pu tendre la corde et traverser les haches.

Extraits du chant XIX, p. 385 à 389.

13. Synonyme de « Grec ». Ici, ce terme désigne un prétendant.
14. Richesses.
15. « Étais de carène » : béquilles soutenant la coque d'un navire et parfaitement alignées les unes derrière les autres.

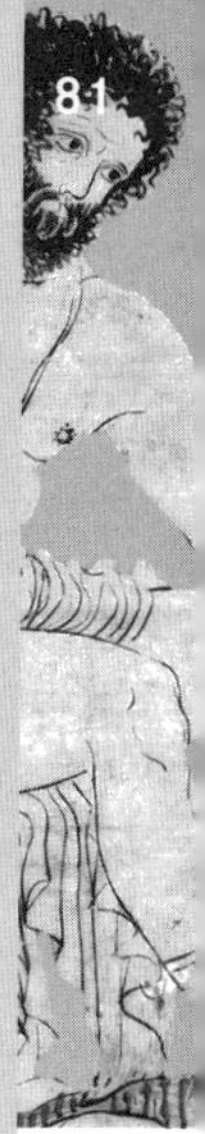

Repérer et anlyser

La progression du récit

1 Quelles sont les principales actions qui s'enchaînent dans les trois extraits ?

Les personnages

Le chien Argos

2 Quel âge a le chien ? Relevez dans le texte les éléments qui permettent de préciser votre réponse.

3 Relevez les mots et expressions caractérisant l'état du chien (l. 5 à 11).

4 Donnez le temps des verbes dans les phrases suivantes : « dès qu'il voyait les fauves, pas un ne réchappait ! » (l. 23-24) ; « les femmes n'ont plus soin de lui ; on le néglige… » (l. 25-26). Quelle opposition les temps des verbes marquent-ils à propos d'Argos ?

5 Eumée compare l'état d'Argos avant le départ d'Ulysse et son état actuel. Qu'apprenons-nous sur ce qu'il a été et sur ce qu'il est devenu ?

6 Comment le malheureux Argos manifeste-t-il qu'il a éprouvé une dernière joie avant de mourir ?

La nourrice Euryclée

7 Relevez la ponctuation et les pronoms personnels dans les lignes 41 à 43. Qu'indiquent-ils de l'état intérieur de la nourrice ?

Pénélope

8 Quel type de phrase trouve-t-on dans les lignes 59 à 64 ? Quelle conjonction de coordination relie les deux phrases de ces lignes ? Qu'en déduisez-vous sur l'état d'esprit de Pénélope ?

9 **a.** Pourquoi Pénélope a-t-elle jusqu'à présent refusé de se remarier ? Pourquoi maintenant change-t-elle d'avis ?

b. Relevez les temps des verbes dans les lignes 64 à 68. Quelle opposition soulignent-ils ?

c. Quelle épreuve propose-t-elle aux prétendants ? Pourquoi a-t-elle choisi cette épreuve ?

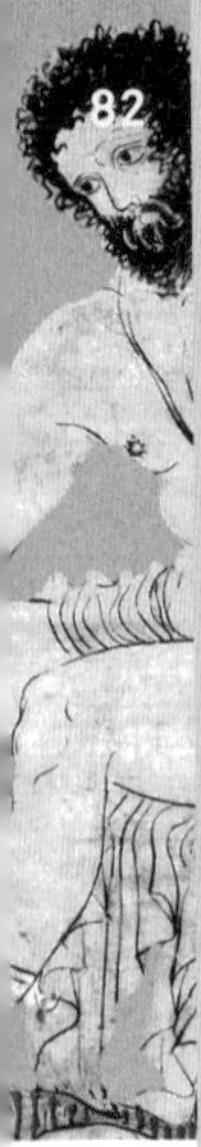

d. Quelle est la valeur des futurs, lignes 69 à 78 ? Que marque ce changement de temps par rapport au temps employé dans les lignes précédentes (l. 66 à 68) ?

Ulysse

10 Comment se traduit l'émotion d'Ulysse à la vue de son chien ? Pourquoi Ulysse se cache-t-il du porcher ?

11 Pourquoi Ulysse demande-t-il des précisions sur le chien d'une manière détournée ?

12 Pourquoi, à votre avis, Ulysse ne veut-il pas que Pénélope soit instruite de son retour ?

La visée

13 Quelle est la visée de ces trois extraits ? À quelle suite pouvez-vous vous attendre ?

S'exprimer

14 Vous avez eu l'occasion d'admirer l'extraordinaire mémoire et l'admirable fidélité du chien et de certains animaux. Racontez les faits qui ont provoqué votre admiration et faites partager vos sentiments.

Se documenter

Les prétendants

Lorsqu'un père a décidé de marier sa fille, il le fait savoir publiquement et invite les prétendants (ceux qui souhaitent épouser sa fille) à se présenter. Le futur beau-père doit les accueillir comme ses hôtes et les inviter à des festins. De leur côté, les prétendants doivent apporter des cadeaux à la future fiancée. Pénélope fait remarquer à ce propos : « Pour plaire à fille noble et de riche maison, on lutte, à qui mieux mieux, de générosité ; [...] on amène les bœufs, les moutons gras, les plus riches cadeaux » (chant XVIII).

Les prétendants livrent une compétition entre eux : ils peuvent se défier, se mesurer dans des jeux (voir le texte 10, p. 83 à 85).

Texte 10

L'épreuve de l'arc

Au cours d'un festin des prétendants[1], Pénélope va chercher l'arc d'Ulysse puis fait disposer douze fers de hache les uns derrière les autres dans la salle. Pénélope invite alors les prétendants à tendre[2] et à bander[3] l'arc pour envoyer une flèche à travers les douze trous des fers (le trou où est fixé en général le manche des haches).

[Les essais des prétendants]

Ce fut le fils d'Oenops, Liodès l'aruspice[4], qui s'en vint le premier : son siège était au coin, tout près du beau cratère[5] ; seul, il avait l'horreur de leurs impiétés[6] et leur montrait son blâme[7]. Donc il prit, le premier, l'arc et la flèche ailée et, montant sur le seuil, debout, il fit l'essai, mais ne put tendre l'arc. À tirer sur la corde, il eut bientôt lassé[8] ses blanches mains débiles[9].

Il dit aux prétendants :

LIODÈS. – Amis, ce n'est pas moi qui tendrai l'arc : à d'autres ! Mais cet arc va briser et le cœur et la vie à plusieurs de nos princes ! s'il est vrai que, cent fois mieux nous vaudrait mourir que vivre sans avoir enfin la récompense d'une si longue attente, après tant de journées passées en ce manoir ! S'il en est dont le cœur a pu former l'espoir d'épouser Pénélope, la compagne d'Ulysse, qu'ils tâtent de cet arc ! qu'ils le voient seulement ! et nous verrons bientôt leurs cadeaux et leurs vœux

1. Voir la note 1, p. 73.
2. Courber l'arc pour y accrocher la corde.
3. Mettre la flèche sur la corde et tirer la corde à soi.
4. Celui qui prédit l'avenir dans les cérémonies.
5. Vase à deux anses pour mêler l'eau et le vin.
6. Insultes des autres prétendants.
7. Désaccord.
8. Fatigué.
9. Faibles.

s'en aller vers quelque autre Achéenne au beau voile ! Et, quant à Pénélope, c'est ou le plus offrant ou l'élu du destin qui sera son époux.

Il dit et, sur le sol ayant déposé l'arc, il l'appuya aux bois des panneaux joints et lisses, coucha la flèche ailée sur le joli corbeau[10], puis reprit le fauteuil qu'il venait de quitter.

Alors Antinoos se mit à le tancer :

ANTINOOS. – Quel mot s'est échappé de l'enclos de tes dents ! C'est un mot, Liodès, terriblement cruel ! j'enrage de l'entendre. Donc il faut que cet arc brise à bien des héros et le cœur et la vie, parce qu'un Liodès n'a pas pu le bander !... Si tu reçus le jour de ton auguste mère, ce n'est pas pour tirer de l'arc, lancer des flèches !... Laisse un peu ! tu vas voir nos braves prétendants !

Il dit et, s'adressant au maître-chevrier[11] :

ANTINOOS. – Vite, Mélantheus ! ranime-nous le feu ! mets auprès du foyer une grande escabelle[12], couverte de toisons[13], puis va chercher dans la réserve un pain de suif[14] pour que nos jeunes gens chauffent l'arc et le graissent !

Il dit et Mélantheus, ranimant aussitôt la danse de la flamme, apporta l'escabeau, qu'il mit près du foyer, le couvrit de toisons, puis fut chercher le pain de suif dans la réserve. Quand on eut chauffé l'arc, les jeunes essayèrent : pas un ne le tendit ; la force leur manquait, et l'écart était grand !

Aucun des prétendants ne réussit à tendre l'arc. Pénélope regagne alors sa chambre. Ulysse se fait reconnaître du bouvier et du porcher Eumée et fait verrouiller les portes. Puis le héros propose d'essayer à son tour de tendre l'arc. On rit de la prétention de ce vieux mendiant.

10. Pierre sculptée qui dépasse du mur.
11. Berger qui mène paître les chèvres.
12. Tabouret.
13. Peaux couvertes de poils.
14. Morceau de graisse.

[L'essai du mendiant]

Ulysse tenait l'arc, le tournait, retournait, tâtant de-ci delà et craignant que les vers n'eussent rongé la corne en l'absence du maître, et l'un des prétendants disait à son voisin :

LE CHŒUR. – Voilà un connaisseur qui sait jouer de l'arc !... pour sûr, il a chez lui de pareils instruments ou songe à s'en faire un !... Voyez comme ce gueux vous le tourne et retourne en ses mains misérables !

Mais un autre de ces jeunes fats s'écriait :

LE CHŒUR. – Pour son plus grand profit, qu'il réussisse en tout, comme il va réussir à nous bander cet arc !...

Or, tandis qu'ils parlaient, Ulysse l'avisé finissait de tâter son grand arc, de tout voir. Comme un chanteur, qui sait manier la cithare, tend aisément la corde neuve sur la clef et fixe à chaque bout le boyau bien tordu, Ulysse alors tendit, sans effort, le grand arc, puis sa main droite prit et fit vibrer la corde, qui chanta bel et clair, comme un cri d'hirondelle.

Pour tous les prétendants, ce fut la grande angoisse : ils changeaient de couleur, quand, d'un grand coup de foudre, Zeus marqua ses arrêts[15]. Le héros d'endurance en fut tout réjoui : il avait bien compris, cet Ulysse divin, que le fils de Cronos, aux pensers tortueux, lui donnait ce présage[16]... Il prit la flèche ailée qu'il avait, toute nue, déposée sur sa table ; les autres reposaient dans le creux du carquois, – celles dont tâteraient bientôt les Achéens. Il l'ajusta sur l'arc, prit la corde et l'encoche et, sans quitter son siège, il tira droit au but...

D'un trou à l'autre trou, passant toutes les haches, la flèche à lourde pointe sortit à l'autre bout.

Extraits du chant XXI, p. 408-409 et 417-418.

15. Décisions. | 16. Signe qui permet de prévoir l'avenir.

Questions

Repérer et analyser

La progression du récit

1 Quelles sont les principales actions qui s'enchaînent ? Relevez les verbes qui expriment les actions d'Ulysse (l. 41 à 59).

Les personnages et leurs relations

Les prétendants

2 Qui sont les prétendants présents ou évoqués dans cet extrait ?

3 **a.** En quoi Liodès est-ils différent des autres prétendants ?
b. Relevez les expressions qui le caractérisent au physique et au moral.
c. Relevez dans les lignes 9 à 19 les verbes qui expriment une prédiction. À quel temps sont-ils ? Quelle prédiction fait-il aux prétendants ?

4 À quel personnage Antinoos s'oppose-t-il (l. 24 à 30) ? Identifiez le type de phrases utilisé. Quel sentiment traduit-il ?

Ulysse et les prétendants

5 Dans les lignes 44 à 50, relevez les mots et expressions par lesquels les prétendants désignent et caractérisent Ulysse.

6 L'ironie

> L'ironie consiste à dire, pour se moquer, le contraire de ce que l'on pense.

a. Quelle phrase prononcée par Liodès est-elle reprise par Antinoos ? En quoi est-elle ironique dans la bouche d'Antinoos ?
b. Relevez les formules ironiques prononcées par le Chœur à l'égard d'Ulysse.

Le récit épique

7 Analysez les deux comparaisons (l. 51 à 56). À qui s'appliquent-elles ? Expliquez-les.

8 Quel dieu intervient pour aider Ulysse ? à quel moment ? Comment ce dieu est-il désigné ?

9 Ulysse utilise-t-il l'arc avec difficulté ou avec aisance ? Justifiez votre réponse en citant le texte (l. 51 à 65). En quoi l'emporte-t-il sur tous les autres hommes ?

Texte 11

Le massacre des prétendants

[Ulysse se démasque et attaque]

Alors, jetant ses loques, Ulysse l'avisé sauta sur le grand seuil. Il avait à la main son arc et son carquois plein de flèches ailées. Il vida le carquois devant lui, à ses pieds, puis dit aux prétendants :

ULYSSE. – C'est fini maintenant de ces jeux anodins !... Il est un autre but, auquel nul ne visa : voyons si je pourrais obtenir d'Apollon[1] la gloire de l'atteindre !

Il dit et, sur Antinoos, il décocha la flèche d'amertume. L'autre allait soulever sa belle coupe en or ; déjà, de ses deux mains, il en tenait les anses ; il s'apprêtait à boire ; c'est de vin, non de fin[2], que son âme rêvait !... qui donc aurait pensé que seul, en plein festin et parmi cette foule, un homme, si vaillant qu'il pût être, viendrait jeter la male[3] mort et l'ombre de la Parque ?

Ulysse avait tiré ; la flèche avait frappé Antinoos au col : la pointe traversa la gorge délicate et sortit par la nuque. L'homme frappé à mort tomba à la renverse ; sa main lâcha la coupe ; soudain, un flot épais jaillit de ses narines ; c'était du sang humain ; d'un brusque coup, ses pieds culbutèrent la table, d'où les viandes rôties, le pain et tous les mets coulèrent sur le sol, mêlés à la poussière.

Parmi les prétendants, quand on vit l'homme à terre, ce fut un grand tumulte : s'élançant des fauteuils, ils couraient dans la salle, et, sur les murs bien joints leurs yeux cherchaient en vain où prendre un bouclier ou quelque forte lance. [...]

1. Voir à ce nom dans le lexique p. 10.
2. Jeu de mots fondé sur la ressemblance des mots « vin » et « fin ».
3. Funeste.

Massacre des prétendants par Ulysse (en haut à droite) et Télémaque (cratère, IVe siècle av. J.-C.).

Ulysse l'avisé les toisa et leur dit :

ULYSSE. – Ah ! chiens, vous pensiez donc que, du pays de Troie, jamais je ne devrais rentrer en ce logis ! vous pilliez ma maison ! vous entriez de force au lit de mes servantes ! et vous faisiez la cour, moi, vivant, à ma femme !... sans redouter les dieux, maîtres des champs du ciel !... sans penser qu'un vengeur humain pouvait surgir !... Vous voilà maintenant dans les nœuds de la mort ! [...]

[Télémaque intervient]

Alors, tirant son glaive[4] à pointe, Amphinomos bondit pour attaquer le glorieux Ulysse et dégager la porte. Mais déjà

4. Épée courte à deux tranchants.

Télémaque lui plantait dans le dos, entre les deux épaules, sa lance, dont le fer sortit par la poitrine. Amphinomos tomba; on l'entendit donner du front contre le sol, tandis que, vers le seuil, Télémaque courait sans avoir retiré sa lance à la grande ombre, car le risque était fort que l'un des Achéens l'assaillît de son glaive ou s'en vînt l'assommer quand il se baisserait.

Il courut; en deux bonds, il rejoignit son père et, montant sur le seuil, lui dit ces mots ailés:

TÉLÉMAQUE. – Mon père, je reviens! je vais chercher pour toi un bouclier, deux piques, un bonnet tout en bronze qui t'entre bien aux tempes, je m'armerai moi-même et j'armerai aussi Eumée et le bouvier; il vaut mieux nous couvrir.

Peu après, le maître-chevrier Mélantheus rapporte aux prétendants des armes qu'il a trouvées dans la pièce du trésor. Ulysse charge le bouvier et le porcher (Eumée) de l'immobiliser au moment où il retourne chercher d'autres armes au trésor.

Arrivés au trésor, ils virent Mélantheus qui faisait tout au fond sa récolte des armes et ne pouvait les voir...

Debout, auprès des deux montants, ils l'attendirent. Le maître-chevrier, quand il revint au seuil, tenait dans une main un casque magnifique et, dans l'autre, un de ces immenses boucliers que le héros Laërte avait porté au temps de sa prime jeunesse; mais, rouillé, craquelé, les courroies décousues, il était aujourd'hui relégué dans un coin.

Les deux bergers alors sautent sur Mélantheus, le tirent aux cheveux, le rejettent dedans et l'étendent à terre, déjà tout angoissé, puis le serrent à mort, mains et pieds attachés; un cordage était là, qui sert à le hisser au haut d'une colonne, jusqu'au ras du plafond.

C'est toi qui le raillais alors, porcher Eumée :

EUMÉE. – Te voilà bien posté maintenant pour la nuit !... veille, ô Mélantheus ! C'est le lit qu'il te faut ! une couche moelleuse ! Ah ! tu ne risques pas de laisser passer l'heure ! Quand, sortant de la brume, au bord de l'Océan, l'Aurore montera sur son trône doré, n'oublie pas d'amener aux prétendants les chèvres pour le festin à préparer en ce logis !

Avec l'aide d'Athéna, Ulysse, Télémaque, le bouvier et le porcher tuent tous les prétendants et les servantes qui ont été leurs complices. Le massacre s'achève enfin.

[Après le massacre]

S'étant lavé ensuite et les pieds et les mains, on rentra vers Ulysse : l'œuvre était accomplie.

Ulysse était en train de dire à la nourrice :

ULYSSE. – Pour chasser l'air mauvais, vieille, apporte du soufre[5] et donne-nous du feu : je veux soufrer[6] la salle. Puis va chez Pénélope et la prie de venir avec ses chambrières ; dépêche-nous aussi toutes les autres femmes. [...]

Sur ces mots, la nourrice Euryclée obéit. Elle apporta du feu. Elle apporta du soufre. Ulysse en imprégna salle, manoir et cour. Puis la vieille s'en fut aux grands appartements raconter la nouvelle et dépêcher les femmes, qui, se jetant au cou d'Ulysse et le fêtant et lui prenant les mains, couvraient de leurs baisers sa tête et ses épaules ; l'envie de sangloter, de gémir le prenait doucement, car son cœur les reconnaissait toutes.

Extraits du chant XXII, p. 418 à 422, 424-425, 434-435.

5. Utilisé comme désinfectant.

6. Imprégner de soufre.

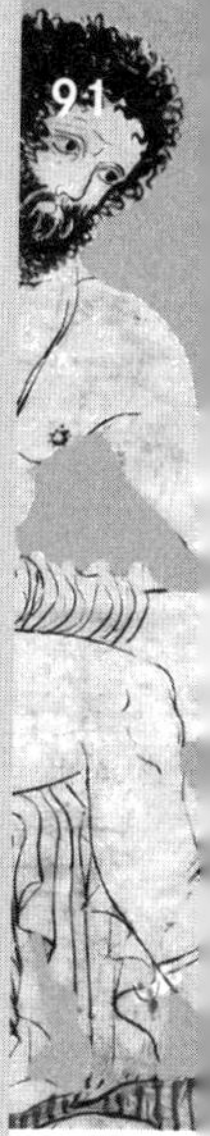

Repérer et analyser

Le récit épique

1 **a.** Cet extrait présente la mort ou la mise hors de combat de trois prétendants. Qui a tué chacun d'eux et comment ? Répondez sous forme d'un tableau.

Qui est tué ou mis hors de combat ?	Par qui ?	Comment ?

b. Relevez, dans les lignes 34 à 60 :
- le champ lexical des armes ;
- les verbes d'action et de mouvement qui rythment le combat.

2 Relevez dans les lignes 5 à 25 les champs lexicaux du sang et de la nourriture. Quel est l'effet produit par leur association ?

3 **a.** Quel est le champ lexical dominant dans les lignes 75 à 81 ?
b. Quelle progression constatez-vous entre le début et la fin de cet extrait ?

Les personnages

4 Comment s'exprime la colère d'Ulysse dans les lignes 27 à 33 ? (Examinez la ponctuation, le vocabulaire, les répétitions et le temps des verbes.)

5 Quels personnages viennent au secours d'Ulysse ? Qui l'expression « les deux bergers » (l. 56) désigne-t-elle ?

6 Quels personnages apparaissent de la ligne 70 à la fin ? Que font-ils ? Quel personnage manque encore ?

La visée

7 **a.** Quelle est la visée de cet extrait ?
b. À quelle suite vous attendez-vous ?

Se documenter

Les serviteurs

Les serviteurs femmes s'occupent essentiellement du manoir du maître, même si elles vont parfois aux champs. Les serviteurs hommes, eux, partent aux champs dès l'aube pour ne rentrer que le soir ; certains, comme Eumée le berger, vivent en dehors du domaine. Tous sont des esclaves sur lesquels le maître a droit de vie et de mort : c'est sans scrupules qu'Ulysse fait exécuter les serviteurs infidèles. Dans la vie quotidienne, les rapports maîtres-serviteurs peuvent être bons : ainsi de Nausicaa et de ses servantes ou d'Ulysse et du berger Eumée ou du porcher. Mais la vie de berger, par exemple, est dure : la nuit, il monte la garde près de ses troupeaux, pour les défendre des autres bergers, des fauves ou même des guerriers.

Texte 12

Pénélope reconnaît Ulysse

Euryclée annonce à Pénélope que le vieux mendiant n'était autre qu'Ulysse et que tous les prétendants ont été tués.

[Les hésitations de Pénélope]

De l'étage, à ces mots, la reine descendit. Quel trouble dans son cœur ! Elle se demandait si, de loin, elle allait interroger l'époux ou s'approcher de lui et, lui prenant la tête et les mains, les baiser.

Elle entra... Elle avait franchi le seuil de pierre : dans la lueur du feu, contre l'autre muraille, juste en face d'Ulysse, elle vint prendre un siège ; assis, les yeux baissés, sous la haute colonne, il attendait le mot que sa vaillante épouse, en le voyant, dirait. Mais elle se taisait, de surprise accablée.

Elle resta longtemps à le considérer, et ses yeux tour à tour reconnaissaient les traits d'Ulysse en ce visage ou ne pouvaient plus voir que ces mauvais haillons[1].

Son fils, en la tançant[2], lui dit et déclara :

TÉLÉMAQUE. – Ton cœur est trop cruel, mère ! ô méchante mère ! de mon père, pourquoi t'écarter de la sorte ?... auprès de lui, pourquoi ne vas-tu pas t'asseoir, lui parler, t'enquérir[3]... fut-il jamais un cœur de femme aussi fermé ?... s'éloigner d'un époux quand, après vingt années de longs maux et d'épreuves, il revient au pays !... Ah ! ton cœur est toujours plus dur que le rocher !

La plus sage des femmes, Pénélope, reprit :

PÉNÉLOPE. – Mon enfant, la surprise est là, qui tient mon cœur. Je ne puis proférer un mot, l'interroger, ni même dans

1. Vêtements en lambeaux. | 2. En l'interpellant brusquement. | 3. Interroger.

les yeux le regarder en face ! Si vraiment c'est Ulysse qui rentre en sa maison, nous nous reconnaîtrons et, sans peine, l'un l'autre, car il est entre nous de ces marques secrètes, qu'ignorent tous les autres.

À ces mots, le divin Ulysse eut un sourire et vite, à Télémaque, il dit ces mots ailés, le héros d'endurance :

ULYSSE. – Laisse donc, Télémaque ! ta mère en ce manoir veut encore m'éprouver[4] ! ... Bientôt, elle pourra me reconnaître, et mieux : je suis sale, tu vois, et couvert de haillons ; son mépris la retient de voir Ulysse en moi !

Ulysse est lavé, frotté d'huile, puis habillé. Enfin, Athéna, « sur sa tête et son buste, faisait couler la grâce ».

[Dernière épreuve d'Ulysse]

Sortant de la baignoire, il rentra tout pareil d'allure aux Immortels.

En face de sa femme, il reprit le fauteuil qu'il venait de quitter et lui tint ce discours :

ULYSSE. – Malheureuse ! jamais, en une faible femme, les dieux, les habitants des manoirs de l'Olympe, n'ont mis un cœur plus sec... C'est bien !... Nourrice, à toi de me dresser un lit : j'irai dormir tout seul ; car, en place de cœur, elle n'a que du fer.

La plus sage des femmes, Pénélope, reprit :

PÉNÉLOPE. – Non ! malheureux ! je n'ai ni mépris ni dédain ; je reprends tout mon calme et reconnais en toi celui qui, loin d'Ithaque, partit un jour sur son navire aux longues rames... Obéis, Euryclée ! et va dans notre chambre aux solides murailles nous préparer le lit que ses mains avaient fait ; dresse les bois du cadre et mets-y le coucher, les feutres, les toisons, avec les draps moirés[5] !

4. Mettre à l'épreuve.

5. Étoffe précieuse à reflets.

C'était là sa façon d'éprouver son époux[6]. Mais Ulysse indigné méconnut le dessein[7] de sa fidèle épouse :

ULYSSE. – O femme, as-tu bien dit ce mot qui me torture ?... Qui donc a déplacé mon lit ? le plus habile n'aurait pas réussi sans le secours d'un dieu qui, rien qu'à le vouloir, l'aurait changé de place. Mais il n'est homme en vie, fût-il plein de jeunesse, qui l'eût roulé sans peine. La façon[8] de ce lit, c'était mon grand secret ! C'est moi seul, qui l'avais fabriqué sans un aide. Au milieu de l'enceinte, un rejet d'olivier éployait son feuillage ; il était vigoureux et son gros fût avait l'épaisseur d'un pilier : je construisis, autour, en blocs appareillés, les murs de notre chambre ; je la couvris d'un toit et, quand je l'eus munie d'une porte aux panneaux de bois plein, sans fissure, c'est alors seulement que, de cet olivier coupant la frondaison[9], je donnai tous mes soins à équarrir le fût[10] jusques à la racine, puis, l'ayant bien poli et dressé au cordeau[11], je le pris pour montant où cheviller[12] le reste ; à ce premier montant, j'appuyai tout le lit dont j'achevais le cadre[13] ; quand je l'eus incrusté d'or, d'argent et d'ivoire, j'y tendis des courroies d'un cuir rouge éclatant... Voilà notre secret !... la preuve te suffit ?... Je voudrais donc savoir, femme, si notre lit est toujours en place ou si, pour le tirer ailleurs, on a coupé le tronc de l'olivier.

[Les époux réunis]

Il disait : Pénélope sentait se dérober ses genoux et son cœur ; elle avait reconnu les signes évidents que lui donnait Ulysse ;

6. La ruse de Pénélope consiste sans doute à faire croire à Ulysse que son lit a été déplacé dans une autre pièce.
7. L'intention.
8. La façon dont a été construit ce lit.
9. Feuillage.
10. Tailler le tronc à angles droits.
11. Avec une corde qui sert de repère pour tracer une ligne droite.
12. Fixer.
13. Les pièces qui donnent au lit sa forme rectangulaire.

pleurant et s'élançant vers lui et lui jetant les bras autour du cou et le baisant au front, son Ulysse, elle dit :

PÉNÉLOPE. – Ulysse, excuse-moi !... toujours je t'ai connu le plus sage des hommes ! [...]

Mais tu m'as convaincue ! la preuve est sans réplique ! tel est bien notre lit ! en dehors de nous deux, il n'est à le connaître que la seule Aktoris, celle des chambrières, que, pour venir ici, mon père me donna. C'est elle qui gardait l'entrée de notre chambre aux épaisses murailles... Tu vois : mon cœur se rend, quelque cruel qu'il soit !

Mais Ulysse, à ces mots, pris d'un plus vif besoin de sangloter, pleurait. Il tenait dans ses bras la femme de son cœur, sa fidèle compagne !

Elle est douce, la terre, aux vœux des naufragés, dont Posidon en mer, sous l'assaut de la vague et du vent, a brisé le solide navire : ils sont là, quelques-uns qui, nageant vers la terre, émergent de l'écume ; tout leur corps est plaqué de salure marine ; bonheur ! ils prennent pied ! ils ont fui le désastre !... La vue de son époux lui semblait aussi douce : ses bras blancs ne pouvaient s'arracher à ce cou.

L'Aurore aux doigts de roses les eût trouvés pleurants, sans l'idée qu'Athéna, la déesse aux yeux pers, eut d'allonger la nuit qui recouvrait le monde : elle retint l'Aurore aux bords de l'Océan, près de son trône d'or, en lui faisant défense de mettre sous le joug pour éclairer les hommes, ses rapides chevaux Lampos et Phaéton[14], les poulains de l'Aurore.

Extraits du chant XXIII, p. 438 à 443.

Homère, *Odyssée*, traduction de Victor Bérard,

14. Athéna empêche Aurore d'atteler ses chevaux à son char pour apporter le jour aux hommes.

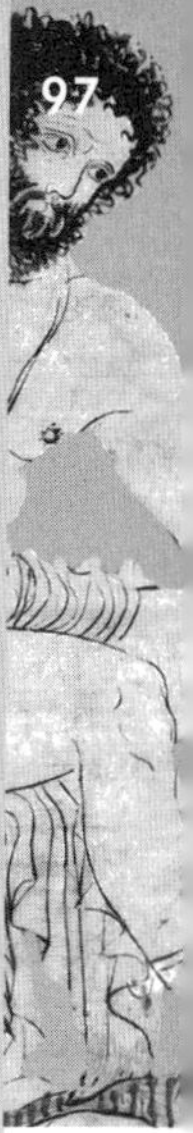

Repérer et analyser

Le cadre

1 Relevez dans les lignes 1 à 9 et 43 à 72 les mots et expressions qui fournissent des précisions sur le palais d'Ulysse (architecture, ameublement...).

La progression du récit

2 **a.** Quelle ruse Pénélope imagine-t-elle pour tromper Ulysse ?
b. Pour quelle raison la preuve est-elle « sans réplique » ?

3 Le dénouement de l'*Odyssée* est-il heureux ou malheureux pour Ulysse ?

Les personnages

4 **a.** Quel accueil Pénélope fait-elle à Ulysse ? Pour répondre, appuyez-vous dans les lignes 1 à 12 sur les expressions qui traduisent ses sentiments et son émotion.
b. Pour quelle raison Pénélope est-elle si hésitante ?

5 **a.** Où Ulysse se tient-il par rapport à Pénélope (l. 5 à 9) ?
b. Relevez dans les lignes 1 à 29 les mots et expressions qui montrent son attitude et sa réaction.
c. Qu'espère Ulysse en allant se laver (l. 30 à 33) ?
d. De quelles compétences a fait preuve Ulysse (l. 55 à 70) ? À quels moments de l'*Odyssée* a-t-il dû utiliser ces compétences ?

6 Par quels gestes et attitudes l'émotion d'Ulysse et de Pénélope se manifeste-t-elle ? Relevez les termes qui montrent leur attachement l'un à l'autre.

Le récit épique

Les épithètes homériques et les comparaisons

7 Relevez les épithètes homériques.

8 Relisez la comparaison développée dans les lignes 88 à 94. Quel mot montre qu'il s'agit d'une comparaison ? Qui est comparé au naufragé ? à la terre ?

L'intervention des dieux

9 Montrez en citant le texte que la terre et les dieux sont associés à l'émotion des retrouvailles (l. 95 à 100). Quelles sont les manifestations de leur intervention ?

La visée

10 Quelle est la visée de ce dernier extrait ?

Enquêter

11 Recherchez dans un livre de mythologie la légende de Phaéton et des chevaux du Soleil.

S'exprimer

12 Vous avez retrouvé un(e) ami(e) que vous n'aviez pas vu(e) depuis très longtemps. En une trentaine de lignes, racontez cette rencontre et vos impressions (déception, surprise…).

Questions de synthèse

Odyssée

L'auteur

1 **a.** Que sait-on d'Homère ? Comment appelle-t-on sa fonction ? On dit qu'il était aveugle : cela signifie-t-il quelque chose ?
b. À quelle époque a-t-il écrit l'*Odyssée* ? sous quelle forme ?
c. Qui le représente, d'une certaine manière, dans le récit ?
d. Quel personnage, rencontré chez Alkinoos, pourrait en donner une représentation ?

Le narrateur

2 **a.** Qui raconte l'histoire dans les chants 1 à 4, 5 à 7 et 8 à 12 ?
b. À quels signes voit-on que le narrateur prend parti pour Ulysse dans les chants 1 à 4 et 8 à 12 ?

Une grande aventure à travers la Méditerranée

3 **a.** L'*Odyssée* est une suite de périls, de sauvetages et de repos. Relevez-les tous et replacez-les dans l'ordre chronologique depuis la fin de la guerre de Troie jusqu'au retour d'Ulysse à Ithaque.
b. À travers quels lieux de la Méditerranée nous conduit ce voyage ?

Un documentaire sur les anciens Grecs

L'hospitalité

4 Les aventures d'Ulysse l'obligent à demander de l'aide ou un asile. Auprès de qui ? Quelles sont les formes de cette hospitalité ? Ulysse est-il toujours bien reçu ?

Les dieux

5 Quelles sont les pratiques religieuses des hommes dans ce récit ? Quelles sont les formules ? Dans quelles occasions sont-elles dites ?

Les techniques

6 Qu'apprend-on sur la navigation, les jeux, la construction d'un bateau ?

L'étude d'un genre : l'épopée

La définition de l'épopée

7 Redonnez la définition de l'épopée.

Les exploits du héros

8 **a.** Ulysse se bat contre les éléments déchaînés : contre lequel se bat-il principalement ? dans quels épisodes ? Relevez trois expressions qui montrent la violence des éléments, le danger.
b. Il se bat contre des monstres : qui sont-ils ? Qu'est-ce qui les caractérise ?
c. Il se bat contre des hommes : dans quel texte le vocabulaire de la guerre est-il présent ? Retrouvez les mots qui le montrent.

9 **a.** Quelles sont les qualités d'Ulysse pendant la tempête, puis contre le Cyclope et enfin chez Circé ? et lors de son retour à Ithaque ?
b. Quels sont aussi les défauts d'Ulysse ?

L'intervention des dieux

10 Quels dieux prennent parti pour Ulysse ? Lesquels prennent parti contre lui ? Comment se manifestent-ils ? Quels sont leurs attributs et leurs pouvoirs ?

11 Relevez trois transformations qui tiennent du merveilleux dans le récit.

Un poème chanté par un aède devant une assemblée

12 Quelles formules ou épithètes homériques accompagnent les noms d'Ulysse, de Nausicaa, de Zeus, d'Athéna, d'Hermès, d'Aurore… ?

13 Comment sont introduites les paroles des personnages dans le récit ? pourquoi ?

14 Retrouvez trois comparaisons poétiques concernant les éléments, une situation dangereuse et une situation heureuse.

Deuxième partie

Les aventures sur mer

Gilliatt et la pieuvre, gravure de Gustave Doré pour *Les Travailleurs de la mer* de Victor Hugo.

Victor Hugo

Les Travailleurs de la mer

La boîte aux lettres de la mer

Dans une salle d'auberge, un soir, Clubin, capitaine de la Durande, *bateau qui navigue entre Saint-Malo et les îles Anglo-Normandes, parle à M. Gertrais-Gaboureau, lui-même vieux capitaine au long cours. La scène se passe vers 1860.*

Clubin avait posé sa chandelle sur la table et s'était mis à repiquer un rang d'épingles qu'il avait dans le collet[1] de sa vareuse[2]. Il reprit :

– Ne disiez-vous pas, capitaine Gertrais, que le *Tamaulipas*[3] ne relâchera point ?

– Non. Il va droit au Chili.

– En ce cas il ne pourra pas donner de ses nouvelles en route.

– Pardon, capitaine Clubin. D'abord il peut remettre des dépêches à tous les bâtiments qu'il rencontre faisant voile pour Europe.

– C'est juste.

– Ensuite, il a la boîte aux lettres de la mer.

– Qu'appelez-vous la boîte aux lettres de la mer ?

– Vous ne connaissez pas ça, capitaine Clubin ?

– Non.

– Quand on passe le détroit de Magellan[4].

– Eh bien ?

– Partout de la neige, toujours gros temps, de vilains mauvais vents, une mer de quatre sous.

– Après ?

1. Ici, le col.
2. Sorte de blouse que portent les marins.
3. Nom de bateau espagnol.
4. Extrémité sud de l'Amérique.

– Quand vous avez doublé le cap Monmouth.

– Bien. Ensuite ?

– Ensuite vous doublez le cap Valentin.

– Et ensuite ?

– Ensuite vous doublez le cap Isidore.

– Et puis ?

– Vous doublez la pointe Anna.

– Bon. Mais qu'est-ce que vous appelez la boîte aux lettres de la mer ?

– Nous y sommes. Montagnes à droite, montagnes à gauche. Des pingouins partout, des pétrels-tempêtes[5]. Un endroit terrible. Ah ! mille saints mille singes ! quel bataclan[6], et comme ça tape ! La bourrasque n'a pas besoin qu'on aille à son secours. C'est là qu'on surveille la lisse de hourdis[7] ! C'est là qu'on diminue la toile ! C'est là qu'on te[8] vous remplace la grande voile par le foc[9], et le foc par le tourmentin[10] ! Coups de vent sur coups de vent. Et puis quelquefois quatre, cinq, six jours de cape sèche[11]. Souvent d'un jeu de voiles tout neuf il vous reste de la charpie. Quelle danse ! des rafales à vous faire sauter un trois-mâts comme une puce. J'ai vu sur un brick anglais, le *True blue*, un petit mousse occupé à la gibboom[12] emporté à tous les cinq cent mille millions de tonnerres de Dieu, et la gibboom avec. On va en l'air comme des papillons, quoi ! J'ai vu le contremaître de la *Revenue*, une jolie goélette, arraché de dessus le fore-crostree[13], et tué roide. J'ai eu ma lisse cassée, et mon serre-gouttière[14] en capilotade[15]. On sort de là avec toutes ses voiles mangées. Des frégates de cinquante font eau comme des paniers. Et la mauvaise diablesse de côte ! Rien

5. Oiseaux de mer.
6. Embarras.
7. Partie supérieure du bordage de la poupe.
8. Tournure familière.
9. Voile placée à l'avant du bateau.
10. Petite voile dont on se sert dans la tourmente.
11. Sans vent.
12. Bâton de foc.
13. Barre transversale du mât de hune.
14. Partie longitudinale supérieure de la coque.
15. En pièces.

de plus bourru. Des rochers déchiquetés comme par enfantillage. On approche du Port Famine. Là, c'est pire que pire. Les plus rudes lames que j'aie vues de ma vie. Des parages d'enfer. Tout à coup on aperçoit ces deux mots écrits en rouge: *Post-Office*[16].

– Que voulez-vous dire, capitaine Gertrais ?

– Je veux dire, capitaine Clubin, que tout de suite après qu'on a doublé la pointe Anna on voit sur un caillou de cent pieds de haut un grand bâton. C'est un poteau qui a une barrique au cou. Cette barrique, c'est la boîte aux lettres. Il a fallu que les Anglais écrivent dessus: *Post-Office*. De quoi se mêlent-ils ? C'est la poste de l'océan; elle n'appartient pas à cet honorable gentleman, le roi d'Angleterre. Cette boîte aux lettres est commune. Elle appartient à tous les pavillons. *Post-Office* ! est-ce assez chinois ! ça vous fait l'effet d'une tasse de thé que le diable vous offrirait tout à coup. Voici maintenant comme se fait le service. Tout bâtiment qui passe expédie au poteau un canot avec ses dépêches. Le navire qui vient de l'Atlantique envoie ses lettres pour l'Europe, et le navire qui vient du Pacifique envoie ses lettres pour l'Amérique. L'officier commandant votre canot met dans le baril votre paquet et y prend le paquet qu'il y trouve. Vous vous chargez de ces lettres-là; le navire qui viendra après vous se chargera des vôtres. Comme on navigue en sens contraire, le continent d'où vous venez, c'est celui où je vais. Je porte vos lettres, vous portez les miennes. Le baril est bitté[17] au poteau avec une chaîne. Et il pleut ! Et il neige ! Et il grêle ! Une fichue mer ! Les satanicles volent de tous côtés. Le *Tamaulipas* ira par là. Le baril a un bon couvercle à charnière, mais pas de serrure ni de cadenas. Vous voyez qu'on peut écrire à ses amis. Les lettres parviennent.

16. « Poste », en anglais.

17. Attaché.

– C'est très drôle, murmura Clubin rêveur.

Le capitaine Gertrais-Gaboureau se retourna vers sa chope.

– Une supposition que ce garnement de Zuela m'écrit, ce gueux flanque son barbouillage dans la barrique à Magellan et dans quatre mois j'ai le griffonnage de ce gredin.

– Ah ça, capitaine Clubin, est-ce que vous partez demain ?

Clubin, absorbé dans une sorte de somnambulisme[18], n'entendit pas.

Victor Hugo, *Les Travailleurs de la mer* (1866), première partie, livre cinquième.

18. État qui consiste à agir en dormant.

Questions

Repérer et analyser

Le genre de l'extrait

1 **a.** Quel est le titre du roman ? Quel en est l'auteur ?
b. Le narrateur est-il ou non personnage de l'histoire ? Justifiez votre réponse.

Le mode de narration : le dialogue

2 Repérez les dialogues : qui sont les interlocuteurs ?
3 Relisez les lignes 30 à 53.
a. Qui parle ? Quelle image le personnage donne-t-il de la mer ? Pour répondre, appuyez-vous sur les champs lexicaux dominants.
b. Identifiez le type, la forme et la longueur des phrases, le niveau de langage, les métaphores et les comparaisons. Quel est l'effet produit ?
4 Comment la boîte aux lettres de la mer fonctionne-t-elle ?

La visée

5 Quelle est la visée de ce passage ?

Comparer

6 De quel récit de l'*Odyssée* pouvez-vous rapprocher ce texte ? Quelles en sont cependant les différences essentielles ?

Herman Melville

Moby Dick

La chasse à la baleine

L'équipage du Péquod *est lancé à la poursuite de Moby Dick, la baleine blanche. Ce jour-là, les hommes de vigie, parmi lesquels se trouve le narrateur, somnolent dans les mâts au lieu de guetter...*

Les vagues, elles aussi, penchaient leurs crêtes engourdies et, à travers la vaste hypnose[1] de la mer, l'est dodelinait vers l'ouest, et le soleil dormait dans l'espace.

Des bulles soudain semblèrent éclater sous mes paupières closes, mes doigts se refermèrent comme des étaux sur les haubans[2], quelque intermédiaire invisible et bienveillant m'avait soustrait au danger, un sursaut me rendit à la réalité. Que vis-je alors ? À moins de quarante brasses, sous notre vent, un cachalot gigantesque roulait dans l'eau comme la quille retournée d'une frégate ; le miroir de son vaste dos, d'un noir africain, brillait d'un éclat métallique aux rayons du soleil. Ondulant paresseusement au creux des vagues, lançant son jet à intervalles, le cachalot semblait un corpulent bourgeois en train de fumer sa pipe par une chaude après-midi. [...]

Comme touchés par une baguette magique, le navire endormi et ses dormeurs s'éveillèrent tout soudain, plus de vingt voix jaillirent de toutes parts, faisant écho aux trois notes qui, du haut des mâts, égrenaient la formule consacrée, cependant que le grand poisson soufflait lentement et régulièrement son embrun scintillant. [...]

1. Ici, sommeil profond.

2. Cordages qui retiennent le mât.

Bientôt, tandis que nous glissions à sa poursuite, le monstre leva perpendiculairement hors de l'eau sa queue de quarante pieds et disparut à la vue comme une tour engloutie.

– La voilà qui sonde[3] ! Ce cri général annonçait un répit dont Stubb profita aussitôt pour allumer sa pipe. En temps voulu, la baleine émergea à nouveau et se trouva à l'avant de la pirogue du fumeur, de sorte que celui-ci, s'en trouvant plus proche que tous les autres, compta bien avoir l'honneur de sa capture [...]. Tirant toujours sur sa pipe, Stubb encourageait ses hommes à l'assaut. [...]

– Attrapez-la, attrapez-la, les gars ! Ne vous pressez pas, prenez votre temps, mais lancez-la comme le tonnerre, c'est tout, cria Stubb, postillonnant sa fumée en parlant. Allongez la nage, souquez[4] fort, Tashtego. En avant, Tash, mon gars, mais restez froids, restez froids comme des concombres... comme ça, comme ça... [...]

– Whoo-hoo ! Wa-hee ! s'écria en réponse le Gay-Haeder lançant au ciel quelque antique cri de guerre tandis que les hommes, dans la pirogue bondissante, étaient projetés en avant par le formidable coup d'aviron de l'ardent Indien.

Des cris non moins féroces répondaient aux siens.

– Kee-hee ! Kee-hee ! hurlait Daggoo, peinant d'avant en arrière sur son banc, pareil à un fauve en cage.

– Ka-la ! Koo-loo ! rugit Queequeg comme s'il claquait des lèvres devant quelque bouchée d'un bifteck de grenadier. Et les pirogues fendaient l'eau au bruit des cris et des avirons, cependant que Stubb, conservant sa place d'avant-garde, encourageait toujours ses hommes sans cesser d'émettre des nuages de fumée. Comme des forcenés, ils nageaient et peinaient de toutes leurs forces jusqu'à ce que le cri attendu jaillît :

– Debout, Tashtego ! Pique !

Le harpon fut lancé.

3. S'enfonce dans les profondeurs de la mer. | **4.** Ramez.

– Mouillez[5] la ligne ! Mouillez la ligne ! cria Stubb au canotier de la baille (celui qui est assis près de la baule) qui, saisissant aussitôt son chapeau, y puisa de l'eau de la mer [...].

La pirogue volait maintenant dans les bouillons d'écume comme un requin tout ailerons. Stubb et Tashtego changèrent de place, avant pour arrière, pérégrination titubante dans ce branle-bas.

La ligne vibrait sur toute sa longueur, aussi tendue qu'une corde de harpe [...].

Ainsi se déroulait cette course précipitée, chaque homme s'accrochant de toutes ses forces à son banc pour n'être pas jeté dans la mer écumante [...] jusqu'à ce qu'enfin la baleine ralentît un peu dans sa fuite.

– Amenez[6], amenez ! cria Stubb au canotier de l'avant et, tandis que l'on faisait front à la baleine, l'équipage entier amenait la pirogue qu'elle remorquait droit sur elle. Bientôt elle fut abordée et Stubb, calant fermement son genou [...], darda encore et encore sa lance dans le poisson en fuite. [...]

Des flots rouges ruisselaient maintenant aux flancs du monstre comme des ruisseaux jaillissant des collines. Il ne roulait plus dans l'écume, mais dans le sang, son corps à la torture, et jusqu'au loin le sillage n'était plus qu'un bouillonnement sanglant. Le soleil bas, illuminant cette mer cramoisie, posait sur le visage des hommes un masque de braise qui les transformait en Peaux-Rouges, cependant que l'évent[7] de la bête à l'agonie laissait fuser à jets saccadés une vapeur blanche, au même rythme véhément des bouffées que le second[8] enfiévré tirait de sa pipe.

Herman Melville, *Moby Dick* (1851),
traduit de l'américain par H. Guex Rolle, Éd. GF-Flammarion.

5. Versez de l'eau sur la corde de la ligne pour qu'elle ne rompe pas en s'échauffant.
6. Rapprochez la pirogue de la baleine.
7. Orifice des narines chez les cétacés, situé sur le sommet de la tête.
8. Celui qui est placé après le commandant. Il s'agit ici de Stubb.

Questions

Repérer et analyser

Le genre de l'extrait

1 Qui est l'auteur du roman dont cet extrait est tiré ? En quelle langue le roman a-t-il été écrit ? Identifiez le statut du narrateur.

La progression dramatique

2 Dans quel cadre la scène se déroule-t-elle ?

3 **a.** Quelle est la situation évoquée dans les lignes 1 à 8 ? Appuyez-vous sur le champ lexical dominant et sur la figure de style de la personnification. Quels éléments sont personnifiés ?
b. Retrouvez ensuite l'enchaînement des actions. Appuyez-vous sur les indications temporelles. Quelle progression constatez-vous ?

Les forces en présence

4 Relevez les mots, expressions, comparaisons qui désignent et caractérisent le cachalot. Quelle image est-elle donnée de lui ?

5 Quelles sont les réactions des hommes ? Lequel a le premier rôle ? Quel accessoire lui est-il associé ? Relevez les verbes et expressions qui expriment les cris des hommes.

Les procédés de la dramatisation

6 Quelle est la couleur dominante dans les lignes 72 à 81 ? Relevez et analysez les comparaisons et les métaphores qui se réfèrent à cette couleur. Quel est l'effet produit ? En quoi les éléments et les hommes sont-ils associés à l'agonie du cachalot ?

La visée

7 Quel aspect des aventures sur mer cet extrait aborde-t-il ?

Se documenter

La pêche à la baleine

8 La pêche à la baleine est-elle interdite ? autorisée ? où et dans quelles conditions ? Connaissez-vous d'autres espèces protégées ?

Ernest M. Hemingway

Le Vieil Homme et la Mer

« Il attendait... »

Dans une barque, au large de La Havane, un vieux pêcheur se parle. Il est seul, loin de la côte. Il vient de se faire à lui-même la remarque qu'il n'a rien pris depuis 85 jours.

À ce moment précis, comme il surveillait ses lignes, une des badines vertes qui servaient de flotteur piqua brusquement du nez.

– Voilà ! Voilà ! dit-il, j'arrive !

Il rentra ses rames sans heurter le bateau. Il se pencha vers la ligne et la prit délicatement entre le pouce et l'index de la main droite. Aucun poids, aucune tension. Il tenait la ligne légèrement. Cela recommença. Cette fois quelque chose tirait, pas bien fort, mais le vieux sut exactement ce que c'était. À cent pieds en dessous, un espadon était en train de manger les sardines qui recouvraient la pointe et la saillie de l'hameçon à l'endroit où celui-ci perçait la tête du petit thon.

Le vieux, tout en maintenant la ligne délicatement, légèrement avec la main gauche, défit le nœud qui l'attachait à la badine : elle pourrait ainsi glisser entre ses doigts sans que le poisson sentît la moindre résistance.

– Vu la saison et loin comme on est, il doit être bougrement gros ! pensa-t-il. Allez ! mange, poisson ! C'est pour toi que je l'ai mis au frais, à six cents pieds de fond dans l'eau froide.

– Vas-y, lance-toi encore un coup dans le noir ! Viens croquer mes sardines !

Une secousse légère, puis une autre plus marquée ; une des têtes de sardines était moins facile à arracher de l'hameçon... Rien. [...]

Il attendait, le fil entre le pouce et l'index, surveillant non seulement cette ligne-là, mais aussi les autres, car le gros poisson pouvait se déplacer. La même secousse légère se fit sentir à nouveau.

– Il y vient, dit le vieux tout haut. Mon Dieu, faites qu'il morde.

Le gros poisson ne mordit pas. Il était parti. Le vieux ne sentait plus rien.

– C'est pas possible, dit-il. Le Bon Dieu permettrait pas qu'il soit parti. Il fait un tour puis il va revenir. Peut-être qu'il a déjà tâté de l'hameçon et qu'il s'en souvient ?

De nouveau la secousse.

– Il faisait seulement un tour, dit le vieux joyeusement, il va mordre.

Le menu tiraillement le rendait tout heureux, et puis voilà qu'il sentit tout à coup quelque chose de dur, d'incroyablement lourd : c'était le poisson qui pesait de tout son poids. Il laissa la ligne filer, filer, filer, tout en déroulant une des deux lignes de réserve. Le fil descendait. Bien qu'il glissât légèrement entre les doigts du vieux, bien que la pression du pouce et de l'index fût à peine sensible, il y avait toujours le poids formidable à l'autre bout.

– Pour un gros, c'est un gros, dit-il. Il l'a en long dans la bouche et il fout le camp avec.

« Il va tourner. Il va l'avaler », pensa-t-il. Il ne l'exprima point, parce que les chants de triomphe, ça risque de tout faire manquer. Il savait que c'était un poisson énorme.

Ernest M. Hemingway, *Le Vieil Homme et la Mer* (1952),
traduit de l'américain par Jean Dutourd,

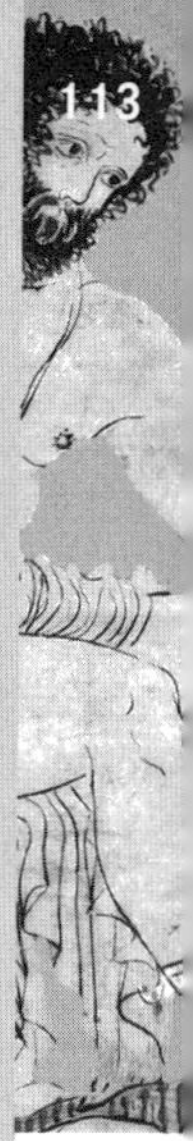

Repérer et analyser

Le narrateur et le point de vue

1 Quel est le titre du roman dont cet extrait est tiré ? Quel en est l'auteur ? S'agit-il d'un roman français ou étranger ?

2 Identifiez le statut du narrateur (voir la leçon, p. 18). Montrez, en citant le texte, qu'il adopte majoritairement un point de vue omniscient, c'est-à-dire qu'il témoigne d'une connaissance parfaite de la situation et de l'état d'esprit du personnage.

La progression du récit et le rythme

3 **a.** Relevez les indications temporelles qui marquent la succession chronologique. Quelles actions s'enchaînent ?
b. Combien de fois le poisson se manifeste-t-il ?

4 Le rythme du récit est-il lent ou rapide ? Justifiez votre réponse. Quel est l'effet produit sur le lecteur ?

Le personnage

5 Quel est le terme qui désigne le personnage ?

6 **a.** Relevez les passages au style direct. À qui s'adresse-t-il ? Quel est son niveau de langage ?
b. Quel est son état d'esprit ? Citez le texte.

S'exprimer

7 Imaginez en quelques lignes une suite immédiate à ce passage.

Thor Heyerdahl

L'Expédition du *Kon-Tiki*

« Une vague souleva le *Kon-Tiki* en l'air... »

Six hommes ont décidé de traverser l'océan Pacifique, depuis le Pérou jusqu'aux îles Polynésiennes, sur un simple radeau, le Kon-Tiki. *Ainsi avaient déjà fait, il y a bien longtemps, les anciens Péruviens. Après plusieurs mois de navigation et d'aventures, le radeau dérive vers le récif de Raroïa situé au nord-est de Tahiti, dans les îles Polynésiennes.*

L'ordre numéro un, qui primait tout, fut : accrochez-vous au radeau ! Quoi qu'il advînt, nous devions nous cramponner à bord et laisser les neuf grands troncs supporter la poussée contre le récif. Nous aurions assez à faire déjà pour résister au poids de l'eau. En sautant dans la mer, nous deviendrions les victimes sans défense du ressac[1] qui nous ballotterait[2] sur les coraux[3] coupants. Le radeau de caoutchouc chavirerait aussi dans les vagues ou, si nous le chargions de nos corps, se déchirerait aux coraux. Mais les rondins de bois seraient tôt ou tard lancés sur le rivage, et nous suivrions le même chemin, à condition de nous y cramponner ferme.

Ensuite, tout le monde fut prié de mettre des souliers pour la première fois depuis cent jours, et de préparer les ceintures de sauvetage. Celles-ci ne serviraient d'ailleurs pas à grand-chose, car si un homme tombait à la mer, il ne serait pas noyé mais écrasé. Nous eûmes aussi le temps de prendre nos passeports et les quelques dollars qui nous restaient. Ce n'était pas le manque de temps qui nous inquiétait.

1. Retour violent des vagues sur elles-mêmes lorsqu'elles ont frappé un obstacle.

2. Agiterait dans tous les sens.

3. Sortes d'animaux dont le support calcaire est rouge, blanc et noir.

Les heures pendant lesquelles, peu à peu, nous approchions fatalement du récif, furent bien angoissantes. Un silence impressionnant régnait à bord; nous allions et venions de la cabine au pont de bambou, échangeant à peine quelques phrases laconiques[4] et nous occupant de nos affaires. [...]

Voici les annotations du journal de bord:

8 h. 15: Nous approchons lentement de la terre, nous pouvons maintenant, du côté bâbord, distinguer à l'œil nu des cocotiers.

8 h. 45: Le vent a tourné dans une direction encore plus défavorable, aussi n'avons-nous pas le moindre espoir de passer à côté des brisants[5]. Aucune nervosité à bord, mais de fébriles[6] préparatifs. Sur le récif en face de nous il y a quelque chose qui ressemble à l'épave d'un voilier, mais c'est peut-être un simple tas de bois flottant apporté par les vagues.

9 h. 45: Le vent nous pousse tout droit vers l'avant-dernière île que nous voyons derrière le récif. Nous pouvons maintenant distinguer nettement le récif entier. C'est comme un mur d'enceinte[7] tacheté de blanc et de rouge, qui entoure toutes les îles et le long duquel le ressac bouillonnant d'écume est lancé vers le ciel. Bengt vient de nous servir un repas chaud, le dernier avant la grande aventure! C'est bien une épave qui gît sur le récif. Nous sommes en ce moment si près que derrière les brisants nous pouvons voir la brillante lagune[8] et même les contours des îles situées à côté de son autre rive. [...]

Quelques minutes plus tard, l'ancre passa par-dessus bord et attrapa le fond, de sorte que le *Kon-Tiki* pivota, pointant son arrière vers les brisants. Nous eûmes encore à nous

4. Brèves. (Les habitants de la Laconie, chez les anciens Grecs, avaient la réputation de ne pas être bavards.)
5. Écueils à fleur d'eau.
6. Rapides, comme de quelqu'un qui aurait la fièvre.
7. Qui entoure.
8. Ici, l'eau située à l'intérieur du récif, derrière les hautes vagues.

quelques précieuses minutes, pendant lesquelles Torstein tourna et tourna comme un fou le bouton de la T.S.F. [...]

Le ressac tonnait dans l'air, les lames[9] se soulevaient et retombaient avec furie. Tout le monde était en action sur le pont, Torstein eut tout juste le temps de transmettre son message. [...]

La houle grossissait, avec des creux profonds entre les lames, et nous sentions le radeau monter et descendre, monter et descendre de plus en plus.

De nouveau retentit l'avertissement : « Cramponnez-vous, ne vous occupez pas de la cargaison, cramponnez-vous. »

Nous étions maintenant si près des masses d'eau retombantes qu'au lieu d'entendre un mugissement continu, nous entendions comme un coup de tonnerre chaque fois que la lame la plus proche de nous se brisait contre les rochers.

Tout l'équipage était prêt, chacun s'agrippant au cordage qu'il jugeait le plus sûr. Seul, Erik rampa au dernier moment dans la cabine ; il restait un numéro du programme qu'il n'avait pas encore exécuté – il n'avait pas trouvé ses souliers !

Personne ne se tenait à l'arrière car c'était là que se produirait le choc. Les solides étais[10] qui allaient de la tête du mât à la poupe n'inspiraient pas confiance non plus. Si le mât tombait, ils resteraient suspendus au bout du radeau, par-dessus le récif. Herman, Bengt et Torstein avaient grimpé sur les caisses amarrées devant le mur de la cabine, et tandis qu'Herman s'accrochait aux haubans[11] les plus proches du toit, les deux autres prenaient ceux qui servaient d'habitude à hisser la voile. [...]

Quand nous eûmes constaté que nous étions happés par les lames, nous coupâmes l'ancre et nous voilà partis. Une vague souleva le *Kon-Tiki* en l'air. Le grand moment était venu ; nous chevauchions[12] sur le dos des lames à une vitesse

9. Ici, fortes vagues.
10. Ici, pièces de bois qui soutiennent le mât.
11. Cordages qui retiennent le mât.
12. Aller comme sur un cheval.

vertigineuse[13] ; notre embarcation délabrée[14] craquait et gémissait en vacillant[15]. Une sorte d'émotion excitante faisait bouillir le sang dans nos veines. Je me rappelle que, n'ayant pas d'autre inspiration, j'agitai le bras et hurlai : « Hurrah ! » de toute la force de mes poumons. Cela me procura un certain soulagement et ne pouvait faire de mal à personne. Les autres crurent certainement que j'étais devenu fou, mais ils rayonnèrent d'enthousiasme. Nous bondissions en avant, c'était le baptême du feu du *Kon-Tiki* ; tout finirait bien, nous n'en doutions pas.

Mais notre exaltation fut vite abattue. Une nouvelle lame se leva à l'arrière comme un mur de verre brillant et, au moment où nous enfoncions, elle se rua vers nous. Dans la même seconde où je la voyais se dresser à une belle hauteur au-dessus de moi, je sentis un coup violent et fus submergé[16] sous des masses d'eau. J'avais l'impression que mon corps était aspiré, avec une telle force que je dus tendre tous mes muscles et ne penser qu'à une seule chose : tenir bon, tenir. Je crois que dans une situation aussi désespérée, les bras et les jambes seraient arrachés avant que le cerveau leur permît de lâcher prise. Puis je sentis que la montagne d'eau s'en allait, desserrant son infernale étreinte. Quand elle eut continué sa course avec un assourdissant fracas, je constatai que Knut était toujours à côté de moi, roulé sur lui-même en boule. Vue de derrière, l'énorme lame paraissait presque plate et grise ; elle avait balayé en passant le toit de la cabine, mais les trois autres y étaient restés accrochés.

Nous flottions toujours.

En une seconde, je renouvelai ma prise, nouant les bras et les jambes autour du solide cordage. Knut se laissa tomber et, avec un bond de tigre, alla rejoindre les autres sur les caisses, où la cabine les protégeait un peu. J'entendis des exclamations

13. Qui donne le vertige.
14. Détériorée, en mauvais état.
15. En chancelant.
16. Englouti.

rassurantes, mais au même instant, je vis se dresser un nouveau mur vert, qui se préparait à tomber sur nous. Criant gare, je me fis aussi petit et aussi ferme que possible. Une seconde fois l'enfer se déchaîna. Le *Kon-Tiki* disparut sous des masses d'eau. La mer mettait toute sa force à tirer et à pousser le pauvre petit ballot qu'est un corps humain. Une seconde vague passa sur nous. Puis une troisième.

J'entendis un cri de triomphe de Knut, qui s'était suspendu à l'échelle de corde.

« Regarde, le radeau tient ! »

Ces trois lames avaient suffi pour renverser et tordre le double mât en même temps que la cabine. Nous éprouvâmes l'impression d'avoir vaincu les éléments, et l'ivresse de la victoire nous donna de nouvelles forces.

Je vis alors une lame se dresser à la même hauteur que les précédentes, et de nouveau je hurlai un avertissement à mes camarades, tout en me hâtant de grimper à l'étai le plus haut possible et de m'y cramponner fermement. Mais je disparus moi-même au milieu du mur vert, dont mes camarades, qui étaient à l'arrière et m'avaient vu disparaître, évaluèrent la hauteur à huit mètres ; la crête écumante passait à environ cinq mètres au-dessus de la partie du mur vitreux[17] où j'avais été englouti. Puis l'énorme lame les atteignit, et nous n'eûmes tous qu'une seule pensée : tenir bon, tenir, tenir, tenir...

Cette fois, nous avions dû heurter le récif. Je sentis seulement un tiraillement de l'étai, qui semblait céder et mollir à chaque secousse. Suspendu là, je ne me rendais pas compte si les chocs venaient d'en haut ou d'en bas. La submersion ne dura que quelques secondes, mais elle exigea plus de force que n'en avaient d'habitude nos corps. Il y a d'autres énergies dans la machine humaine que celle des muscles. Je décidai que si je devais mourir je mourrais dans la position que j'avais prise,

17. Qui a l'aspect du verre, d'une vitre.

comme noué à l'étai. En se retirant avec un bruit assourdissant, la lame révéla un affreux spectacle. Le *Kon-Tiki* était complètement changé, comme par le coup de baguette d'un méchant magicien. L'embarcation que nous avions connue en mer pendant des semaines et des mois n'existait plus ; en quelques secondes notre sympathique petit domaine était devenu une épave toute disloquée.

Je ne vis qu'un homme sur le radeau en dehors de moi. [...] Je demandai en criant où étaient les autres, et la voix calme de Bengt me répondit que tout le monde était à bord. Ils s'accrochaient aux cordages derrière la barricade que formait l'épais treillis du pont de bambou soulevé.

Ceci se passa durant le peu de temps que le *Kon-Tiki* se trouva en dehors du chaudron des sorcières. Mais une nouvelle lame s'approchait déjà. Pour la dernière fois, je hurlai : « Cramponnez-vous ! » au milieu du tumulte, et ce fut tout ce que je pus faire moi-même tandis que je disparaissais dans les masses d'eau qui passèrent sur moi pendant deux ou trois éternelles secondes. J'avais mon compte. Je vis que les bouts de troncs se cognaient contre un sommet aigu du récif de corail sans pouvoir le franchir. Puis le ressac nous éloigna de nouveau. Je vis aussi que deux de mes camarades étaient aplatis sur le toit de la cabine mais cette fois-ci aucun ne souriait. [...] Deux ou trois vagues encore nous submergèrent, mais avec une force décroissante, et je ne me rappelle plus ce qui se passa ensuite, sauf que l'eau affluait et refluait en bouillonnant et que je glissais de plus en plus vers le récif rouge au-dessus duquel nous portaient les vagues. À la fin, il n'y eut plus que des tourbillons d'écume et d'embrun, et je pus reprendre ma place à bord, où nous nous efforçâmes d'atteindre les arrière-bouts des troncs, qui étaient le plus haut perchés sur le récif.

Thor Heyerdahl, *L'Expédition du* Kon-Tiki,
traduit du norvégien par M. Gay et G. de Mautort,
Éd. Phébus, 1994.

Questions

Repérer et analyser

Le genre de l'extrait et la situation d'énonciation

1 Quel est le titre du roman dont cet extrait est tiré ? Quel en est l'auteur ? De quelle langue est-il traduit ?

2 **a.** Identifiez le statut du narrateur. Le narrateur mène-t-il le récit au présent ou au passé ?
b. Qu'est-ce qu'un journal de bord ? Délimitez le passage qui le présente. Quel est le temps verbal utilisé ? Justifiez l'emploi de ce temps.

Le cadre

3 **a.** Dans quelle partie du monde l'action se déroule-t-elle ? Situez le parcours des personnages sur une carte.
b. Sur quelle sorte de bateau les personnages naviguent-ils ?

La progression du récit

4 Combien y a-t-il de moments dans cet épisode ? Appuyez-vous sur les indications chronologiques et logiques.

5 Comparez l'état du radeau au début et à la fin de l'extrait et notez les étapes de la transformation.

Les forces en présence

6 Relevez les procédés qui traduisent la violence des éléments :
– les champs lexicaux de la tempête, de la violence, du bruit ;
– les figures de style (comparaisons, métaphores) qui désignent et caractérisent les vagues.

7 Quelles sont les diverses réactions des personnages ? Quel est leur état d'esprit ? Justifiez votre réponse en vous appuyant sur le texte.

La visée

8 Quelles ont été vos impressions à la lecture de cet extrait ? Quelle en est la visée ?

Comparer

9 Comparez cette arrivée avec celle d'Ulysse dans l'île des Phéaciens (texte 2, p. 25). Relevez les ressemblances et les différences (violence des éléments, champs lexicaux, réaction et état d'esprit des personnages, présence ou non d'éléments merveilleux).

Écrire

10 Imaginez en une dizaine de lignes l'arrivée des personnages sur le récif.

11 Avez-vous déjà pratiqué, ou vu pratiquer le « surf » ? Racontez (ou imaginez) en quelles circonstances et dites les difficultés rencontrées, mais aussi le plaisir éprouvé.

Enquêter

12 Faites une recherche sur le tableau *Le Radeau de la Méduse*. Quel peintre l'a représenté ?

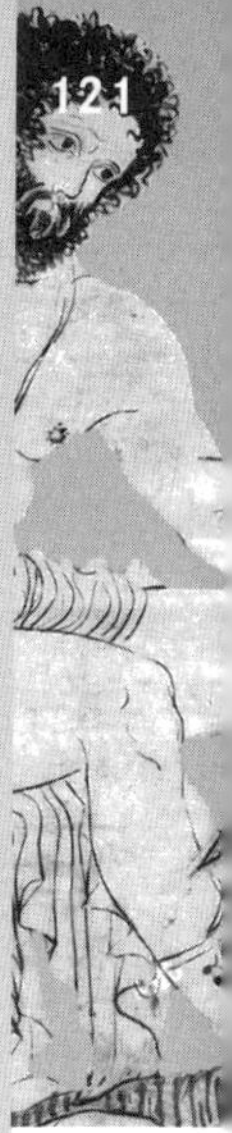

Clare Francis

Victoire océane

Rencontre avec les icebergs

Clare Francis, jeune navigatrice anglaise, est engagée dans la course Transatlantique en 1976. En pleine mer, son chronomètre est tombé en panne...

Je ne peux donc pas refaire mes calculs. Et de ce fait, me voilà à nouveau sans idée précise de ma position. Quant à la brume, elle est retombée, je n'ai donc plus la moindre chance de réussir d'autres observations. Le mieux que je puisse faire est de recommencer mes calculs d'estime.

Après avoir lancé quelques remarques bien senties en direction du chronomètre, que j'ai acheté à grands frais juste avant la course, j'entreprends de refaire toutes mes estimations. Je définis aussi bien que possible ma position, et je trace aussi des positions tenant compte de toutes les erreurs plausibles[1] et de toutes les inconnues qui peuvent s'être glissées dans l'affaire, puis je trace un grand cercle autour de l'ensemble. Seule conclusion à laquelle je puisse arriver, je suis sans doute quelque part dans ce cercle, et il n'est pas petit. Au milieu de l'océan, cette imprécision ne serait pas grave, mais ici, j'ai le sentiment désagréable que ça l'est plus car j'approche de la région des icebergs.

Ce n'est pas qu'ils m'inquiètent beaucoup. Il y en a fort peu cette année, et les dix ou vingt que l'on a signalés ont dérivé vers le sud et l'est. Il paraît évidemment qu'une autre série est en train de descendre du nord, mais à l'endroit où je risque

1. Qui peuvent être admises, vraisemblables.

de les rencontrer, ils suivent un chemin qui longe du nord au sud la bordure orientale des bancs. Ce chemin fait quelques milles de large, 60 peut-être, cette bande semble relativement étroite à traverser en courant, les yeux fermés. À peine une demi-journée de navigation. Je voudrais simplement être sûre de me trouver par là. Le cercle que j'ai tracé voisine apparemment avec un nombre considérable d'endroits où, d'après les *Instructions nautiques*[2], je suis à peu près certaine que les foules d'énormes icebergs sont rassemblés pour m'attendre.

Mais à quoi bon s'inquiéter ? C'est ridicule. Il ne s'agit que de quelques icebergs sur des milliers de kilomètres carrés d'océan. De toute façon je n'y peux pas grand-chose ! Après un délicieux dîner de tomates et de fromage sur toast, et une heure de Brahms, je vais donc me coucher avec un dernier frisson.

Le vent ne cesse de forcer et de mollir[3] pendant la nuit et je suis obligée de faire deux difficiles changements de foc, ce qui me mange une bonne partie de mon sommeil. À l'aube, je jette un coup d'œil dehors, les yeux ouverts par habitude plutôt que par volonté, et à la vue de l'habituel rideau blanc, je regagne en titubant[4] ma couchette pour retrouver mes rêves colorés. Une heure plus tard, je me réveille sans monter sur le pont, me contentant de vérifier le compas et de faire un tour complet à ma petite boîte noire. Je vois bien que la brume est encore là, je sens parfaitement que le bateau marche bien, il me paraît donc tout à fait inutile d'aller me geler dehors. Quand je me réveille la fois suivante, je constate avec surprise que j'ai dormi longtemps et je me précipite dehors, clignant des yeux dans la lumière. Je découvre alors avec délice que la brume est partie et que je peux voir l'horizon devant moi. Quelle merveilleuse surprise !

2. Livres de navigation. **3.** Faiblir. **4.** Chancelant.

Et puis je me retourne.

D'abord mes yeux refusent de comprendre ; il y a tant de blancheur étincelante, les montagnes dentelées sont si brillantes sous le soleil du matin qu'elles semblent faire partie du ciel. Mais pour être blanches, elles le sont, et dentelées aussi. Deux gros icebergs, à 1 mille[5] derrière nous.

L'un fait sans doute 1/4 de mille de long, il est plat et rectangulaire. L'autre, très haut, a une extrémité aiguë. Et puis mon regard se pose sur un troisième, gris sombre et déchiqueté aussi.

Je pousse un faible gémissement et je m'assieds avant que mes genoux ne me refusent tout service. *Golly*[6] marche ferme comme un roc dans une brise légère et, guidé par l'infatigable gouvernail automatique, il tient parfaitement son cap. Son sillage impeccablement rectiligne me le dit. En suivant ce trait bien droit, je vois exactement où nous sommes passés il y a quelques minutes. Entre les deux gros icebergs.

Je ne suis pas extrêmement religieuse : j'ai même été totalement athée pendant un certain temps, mais il est des moments où l'on ne discute pas ce genre de chose. Et je récite une prière du fond du cœur : s'il y a vraiment Quelqu'un là-haut, je tiens à lui dire combien je suis reconnaissante que ces icebergs aient été écartés de ma route, ou que j'aie été moi-même écartée de leur route, si tel est le cas. Et bien que je n'en sois pas digne, et que je sois terriblement ingrate, et que je sois certainement celle qui le mérite le moins, etc., Dieu aurait-il l'extrême gentillesse de garder les yeux sur moi un petit moment de plus ? Manifestement j'ai bien besoin de son assistance, etc., etc.

Je reste assise là à regarder les icebergs pendant une demi-heure, jusqu'à ce qu'ils disparaissent peu à peu sous l'horizon. Je n'arrive pas à oublier que j'ai dû passer à quelques centaines

5. Le mille marin vaut 1 852 mètres.

6. C'est le nom du bateau.

de mètres d'eux et que si mon cap avait été le moins du monde différent, j'en aurais heurté un. Cette fois mon sixième sens m'a bien laissée tomber.

Et je décide aussitôt, comme celui qui vient d'échapper aux griffes du lion, que la vie vaut vraiment la peine d'être vécue. Border un génois[7] devient une activité positive, exaltante, surtout pour mes biceps, et les corvées ne sont plus que l'un des détails de ce spectacle passionnant qu'est la vie. Comme pour purifier mon âme et avoir le sentiment de mériter ce coup de chance, je me prodigue de tous côtés, je nettoie, je balaie, je graisse et je frotte. Je fais huit observations solaires pendant la journée, avec la simple montre de cabine dont j'ai vérifié la précision au moins dix fois. Je récure la cuisine, je plonge la main dans les profondeurs du placard à vivres, entreprise courageuse, car il n'est pas rare d'y rencontrer des spaghetti humides et moisis qui s'enroulent autour de vos doigts. Je mets en sac quelques-uns des focs éparpillés dans la soute à voiles et, bien sûr, je fais la vaisselle.

Puis la brise tombe. Le moment paraît bien choisi pour une tardive commémoration et je m'offre un petit verre de scotch, délicieux. Il ne me manque plus qu'une chose, un peu de compagnie. Aussi j'appelle mes parents pour bavarder. Je suis tellement soulagée de pouvoir parler à quelqu'un, si pleine de choses à raconter, que je jacasse sans fin.

Clare Francis, *Victoire océane*, Éd. Arthaud.

7. Voile située à l'avant du bateau.

Questions

Repérer et analyser

La situation d'énonciation

1 De quel ouvrage cet extrait est-il tiré ? S'agit-il d'une œuvre de fiction ou d'une œuvre de témoignage ? Justifiez votre réponse.

2 Qui le pronom « je » désigne-t-il ? Quel est le temps du récit ?

3 Identifiez le niveau de langage.

4 Les modalisateurs

Le narrateur peut exprimer par des « modalisateurs » le degré de certitude ou d'incertitude qu'il peut donner à son énoncé.

Relevez, dans les lignes 6 à 30, les adverbes et les verbes modalisateurs. Qu'expriment-ils ?

Les forces en présence

5 **a.** Où se trouve la navigatrice ? Quels différents obstacles doit-elle surmonter ?

b. Quel danger a-t-elle évité ?

6 Quelles sont ses réactions successives ?

Écrire

7 Imaginez la conversation téléphonique de la navigatrice avec sa mère.

Étudier la langue

8 **a.** Qu'est-ce qu'un iceberg ? Quelle est l'origine de ce mot ?

b. Qu'est-ce que la « position » (l. 2) en termes de navigation ?

c. Qu'est-ce que le sixième sens (l. 85) ? Donnez le nom des cinq sens.

Enquêter

9 Recherchez au CDI ou dans une bibliothèque des indications sur le naufrage du *Titanic*.

Index des rubriques

Repérer et analyser

Se documenter

S'exprimer

Table des illustrations

2		Paris, Musée du Louvre.
	ph ©	Giraudon / Archives Hatier.
10	ph ©	N.D.-Viollet / Archives Hatier.
12, g	ph ©	Paris, Bibliothèque nationale de France.
12, b		Paris, Musée du Petit Palais.
	ph ©	Bulloz.
13	ph ©	Paris, Bibliothèque Nationale de France.
20		Paris, Musée du Louvre.
	ph ©	R.M.N.
23	ph ©	Giraudon / Archives Hatier.
32	ph ©	Museum of Fine arts, Boston / Archives Hatier.
48		Paris, Musée du Louvre.
	ph ©	Edimedia.
52	ph ©	Paris, Bibliothèque nationale de France.
61, g-d		Paris, Musée du Louvre.
	ph ©	R.M.N.
74		Chiusi, Museo Etrusco.
	ph ©	Alinari-Giraudon.
88		Paris, Musée du Louvre.
	ph ©	R.M.N.
101	ph ©	Giraudon.
105	ph ©	Collection Viollet.
121	ph ©	Roger-Viollet.

et 18, 19, 20, 27, 28, 29, 34, 35, 36, 41, 42, 47, 48, 53, 57, 63, 64, 70, 71, 72, 76, 81, 82, 86, 91, 92, 97, 98, 106, 110, 113, 120, 121, 126 (détail), ph © Archives Hatier.

Iconographie : Hatier Illustration

Cartographie (p. 8-9) : Bernard Sullerot

Principe de maquette : Mecano-Laurent Batard

Mise en page : Alinéa

Dépôt légal : 24650 - juillet 2002

Imprimé en France par Hérissey - N° 92786